LETTRES

DE

GLUCK ET DE WEBER

Z

L'auteur et l'éditeur déclarent réserver leurs droits de traduction et de reproduction à l'étranger.

Cet ouvrage a été déposé au ministère de l'intérieur (section de la librairie) en mars 1870.

◆

PARIS. TYPOGRAPHIE DE HENRI PLON, IMPRIMEUR DE L'EMPEREUR, RUE GARANCIÈRE, 8.

LE CHEVALIER CHRISTOPHE GLUCK.

LETTRES

DE

GLUCK ET DE WEBER

PUBLIÉES

PAR M. L. NOHL

PROFESSEUR A L'UNIVERSITÉ DE MUNICH

TRADUITES

PAR GUY DE CHARNACÉ

OUVRAGE ORNÉ DE PORTRAITS ET D'AUTOGRAPHES

PARIS

HENRI PLON, IMPRIMEUR-ÉDITEUR

RUE GARANCIÈRE, 10

—

1870

DÉDIÉ

A MADAME LA COMTESSE D'AGOULT

PAR

LE TRADUCTEUR.

Paris, janvier 1870.

1

AVANT-PROPOS.

M. L. Nohl, professeur à l'université de Munich, publiait naguère en Allemagne la correspondance de quelques grands musiciens de son pays. Les lettres de C. W. Gluck, de Ph. Em. Bach, de Ch. M. de Weber, de Joseph Haydn et de Félix Mendelssohn-Bartholdy, reproduites sur les originaux, rassemblées après d'actives recherches par M. Nohl, obtinrent un immense succès. En les lisant dans une langue qui fut presque mienne, j'y trouvai un tel intérêt que la pensée me vint de le faire partager à mes compatriotes. L'éminent professeur d'histoire musicale et d'esthétique auquel on doit la publication de ce recueil a bien voulu m'autoriser à en traduire une partie. Je lui en adresse ici tous mes remercîments, heureux de joindre mon nom au sien dans l'hommage de mon admiration pour les compositeurs de génie dont s'honore la patrie de Schiller et de Gœthe.

De tous les grands hommes qui ont illustré l'Allemagne, les musiciens sont assurément ceux que nous connaissons le mieux. La langue qu'ils parlent est universelle; elle touche toutes les âmes, et réunit dans un même monde d'émotions nobles tous les peuples civilisés. Dans ces dernières années surtout, on s'est plu, chez nous, à populariser les œuvres de génie que le Conservatoire de musique, presque seul, offrait à l'admiration d'un petit nombre d'élus. Grâce à d'heureuses initiatives, les noms des Haydn, des Mozart et des Beethoven nous sont devenus familiers; grâce à nos scènes lyriques, les œuvres de Gluck et de Weber nous sont assez connues pour que nous nous intéressions à la vie intime de ces musiciens auxquels nous sommes redevables de si douces jouissances. La correspondance de Mozart nous a été révélée par M. Sowinski, qui l'a traduite en français, et la vie de Beethoven a déjà tenté plusieurs biographes. Mais les lettres de Gluck et celles de Weber surtout nous étaient tout à fait inconnues; il m'a

donc semblé que celles de l'auteur d'*Armide*, qui,
pendant un séjour de plusieurs années à Paris,
passionna si vivement les esprits par la révolution
qu'il venait d'opérer dans la musique dramatique,
et que celles de l'auteur de *Freyschütz*, dont les
opéras ne comptent parmi nous que des admirateurs, devaient tout particulièrement intéresser les
lecteurs français.

Le célèbre éditeur qui, avec un soin jaloux, a
fait revivre sous ses presses les traits et la vie de
quelques-unes des figures illustres des dix-septième
et dix-huitième siècles, et qui, à l'heure présente,
me permet d'étudier l'état actuel de l'opéra en
Europe, en écrivant la biographie des « étoiles »
du chant, que le burin de Morse immortalisera,
s'est encore chargé de la publication des lettres
de Gluck et de Weber. Plus préoccupé de rendre
l'esprit qui les a dictées que de leur donner une
forme élégante; persuadé, d'ailleurs, que le premier devoir d'un traducteur est le respect pour la
pensée de l'auteur, je me suis attaché à la traduire
aussi littéralement que possible. Puisse le lecteur
trouver que j'y ai réussi, puisse-t-il aussi goûter
dans la société de Gluck et de Weber le charme

que j'ai rencontré à vivre de leur vie pendant les heures de repos que me laissait, l'été dernier, sous les ombrages paternels, la vie militante du journalisme.

GUY DE CHARNACÉ.

Janvier 1870.

LETTRES

DU

CHEVALIER GLUCK

Les lettres qu'on va lire, dont quelques-unes, telles que les dédicaces adressées au grand-duc de Toscane, au roi Louis XVI et à la reine Marie-Antoinette, connues en France de quelques personnes seulement, parce qu'elles figurent en tête des partitions d'*Alceste*, d'*Iphigénie* et d'*Orphée*, offrent cet intérêt tout particulier d'être de véritables professions de foi artistiques. Si l'on songe que Gluck est l'un des plus grands parmi les compositeurs qui ont écrit pour la scène, qu'il est venu chez nous en pleine enfance de l'art dramatique, après Lulli et Rameau, dont l'un se serait à peine complété par l'autre, et qu'il a posé en France les bases de l'opéra moderne, on aperçoit tout de suite l'importance de notre publication.

Les lettres de Gluck sont d'admirables traités de musique, où le réformateur parle de son art avec une connaissance profonde de ses ressources et de son but, avec une rare élévation d'idées. Dans sa correspondance comme dans sa musique, on sent l'homme dont l'idéal se plaçait en face des plus grandes créations de l'esprit humain. Le caractère propre de Gluck, c'est la grandeur, cette grandeur qui l'avait touché dans les tragiques anciens, cette grandeur qui l'avait séduit dans les héros de l'antiquité, et dont il a su revêtir ses propres œuvres. C'est dans le commerce d'Homère et de Virgile qu'il a puisé ces sentiments héroïques, que rehausse la plus noble simplicité. C'est dans l'antiquité qu'il a trouvé cette couleur et ces accents si sombres et si terribles répandus dans Virgile, dans Eschyle et dans Sophocle. Loin de les atténuer, il les a fortifiés dans la magie d'une langue irrésistible, et compréhensible pour tous. « Nul n'a poussé si loin que Gluck, dit M. Kermoysan dans son beau travail sur l'Opéra français, le sentiment et la connaissance des passions propres à être repré- sentées au théâtre. Nul n'a su les exprimer avec plus de profondeur, en rendre avec autant d'éclat

Fragment aus Telemacco, von Gluck

Circe recit:

ta cete il Nume accende insolito Splendor

et d'énergie les mouvements désordonnés. Nul n'a su agir avec la même force sur un public assemblé, le transporter ou l'abattre, le faire passer tour à tour par toutes les impressions de plaisir ou de terreur. » Bien que Gluck soit descendu parfois de ces hauteurs dans les régions où le charme et la grâce vous touchent et vous émeuvent doucement, c'est dans la tragédie antique lyrique qu'il est arrivé jusqu'au sublime. Le portrait ci-joint est bien celui de l'homme de génie qui connaît sa puissance. Cette tête respire la fierté et l'intelligence, elle imprime le respect et l'admiration. Son regard dominateur semble mesurer l'espace parcouru par son génie, semblable à celui du condor défiant ses rivaux dans l'horizon immense.

Les meilleurs bustes ou portraits de Gluck nous appartiennent, je crois; c'était justice, puisqu'il fut réservé à la France de le voir grandir en gloire, dans une lutte que nous avons résumée dans quelques notes. Suivons-le donc dans les leçons qu'il donne aux musiciens de tous les pays et de tous les temps.

G. C.

1.

I

AU GRAND-DUC LÉOPOLD DE TOSCANE [1].

ALTESSE ROYALE,

Lorsque j'entrepris d'écrire la musique de l'*Alceste*, je me proposai de la dépouiller entièrement de tous ces abus qui, introduits soit par la vanité mal entendue des chanteurs, soit par une complaisance exagérée des maîtres, défigurent depuis longtemps l'Opéra italien, et font du plus pompeux et du plus beau de tous les spectacles une chose

---

[1] Cette lettre, écrite en italien, a été copiée par M. Nohl sur l'original qui se trouve à Munich dans la Bibliothèque nationale et dont le titre porte :

Alceste, tragédie mise en musique par le chevalier Christophe Gluck, dédiée à Son Altesse Royale l'archiduc Pierre Léopold, grand-duc de Toscane, etc. Vienne, imprimerie aulique de Jean Thomas de Trattnern, M D CC LXIX.

Dans une note, M. Nohl nous apprend que le grand-duc de Toscane, plus tard l'empereur Léopold II, aimait beaucoup la musique. Comme son frère Joseph II, il stimula plusieurs fois Mozart dans ses créations, de même que son frère cadet Maximilien-François, électeur de Cologne, avait aidé le développement du jeune Bœthoven. Léopold apparaît comme le protecteur de Gluck et de Cherubini. Il est le dernier des Habsbourg qui ait eu de l'action sur les destinées de la musique.

ridicule et ennuyeuse. Je voulus réduire la musique à son véritable but, qui est de fortifier la poésie par une expression nouvelle, de rendre plus saisissantes les situations de la fable, sans interrompre l'action, sans même la refroidir avec des ornements inutiles. Je pensai que la musique devait être au poëme ce que sont à un dessin correct et bien agencé la vivacité des couleurs et le contraste bien ménagé des lumières et des ombres qui servent à animer les figures sans en altérer les contours.

Je n'ai pas voulu arrêter l'acteur dans la chaleur du dialogue pour attendre une insipide ritournelle, ni couper un mot pour le retenir sur une voyelle favorable, pour faire valoir dans un long passage l'agilité de sa belle voix; je n'ai pas compris non plus que l'orchestre par une cadence donnât le temps au chanteur de reprendre haleine. Je n'ai pas cru devoir glisser rapidement sur la seconde partie d'un air, peut-être la plus passionnée et la plus importante, répéter quatre fois les paroles de la première partie, et terminer l'air, bien que le sens ne soit pas complet, afin de permettre au chanteur de varier capricieusement l'air de plusieurs manières. En somme, j'ai cherché à bannir de la musique tous ces abus contre lesquels protestent en vain le bon sens et la raison.

J'ai pensé que l'ouverture devait éclairer les

spectateurs sur l'action et en être pour ainsi dire
l'argument, la préface; que la partie instrumentale
devait se mesurer à l'intérêt et à la passion des
situations; qu'il ne fallait pas permettre qu'une
coupure disparate entre l'air et le récitatif vînt tron-
quer à contre-sens la période et enlever à l'action
sa force et sa chaleur.

J'ai cru, en outre, que tout mon travail devait
tendre à la recherche d'une noble simplicité,
évitant de faire ostentation de difficultés au pré-
judice de la clarté; la découverte de quelque nouveauté ne m'a semblé précieuse qu'autant qu'elle
était d'accord avec la situation; enfin il n'y a pas
de règle que je n'aie cru devoir sacrifier de plein
gré en faveur de l'effet.

Tels sont mes principes. Par un sort heureux,
le libretto se prêtait à merveille à mes desseins; le
célèbre auteur, imaginant un plan de drame tout
nouveau, avait substitué aux descriptions fleuries,
aux comparaisons superflues, aux sentencieuses
et froides moralités, le langage du cœur, les passions fortes, les situations intéressantes et un spectacle toujours varié. Le succès a justifié mes principes, et l'approbation générale que j'ai recueillie
dans une ville aussi éclairée[1] m'a fait voir sûrement
que la simplicité, la vérité et le naturel sont les

[1] Vienne.

seules règles du beau dans toutes les productions artistiques.

Toutefois, malgré les instances répétées des personnes les plus honorables pour m'engager à publier cet opéra, j'ai senti tout le risque que l'on court en combattant des préjugés fortement et profondément enracinés; aussi me suis-je vu dans la nécessité de me placer sous le tout-puissant patronage de Votre Altesse Royale, implorant la faveur de placer en tête de mon œuvre son auguste nom, qui réunit à juste titre les suffrages de l'Europe éclairée.

Le grand protecteur des beaux-arts, souverain d'une nation dont l'une des gloires est de les avoir tirés d'une oppression universelle et de produire les plus grands modèles dans une cité toujours la première à secouer le joug des vulgaires préjugés pour marcher vers la perfection, ce prince, dis-je, peut seul entreprendre la réforme du noble spectacle auquel tous les beaux arts prennent une large part. Le succès venu, il me restera la gloire d'avoir posé la première pierre du monument, ainsi que le témoignage public de votre haute protection, à laquelle je dois l'honneur de me dire, avec le plus profond respect,

De Votre Altesse Royale le très-humble, très-dévoué et très-reconnaissant serviteur,

Christophe GLUCK.

II

AU DUC DE BRAGANCE[1].

ALTESSE,

En dédiant à Votre Altesse cette nouvelle
œuvre, je cherche moins un protecteur qu'un juge.
Un esprit inaccessible aux préjugés de la routine,
une connaissance suffisante des grands principes
de l'art, un goût formé non pas seulement sur les
modèles, mais sur les règles fondamentales du Beau
et du Vrai, voilà les qualités que je cherche dans
mon Mécène et que je trouve réunies chez Votre
Altesse. L'unique raison qui m'avait poussé à faire
imprimer ma musique de l'*Alceste* était l'espérance de rencontrer des imitateurs qui, trouvant
déjà la voie ouverte et stimulés par les suffrages d'un
peuple éclairé, s'appliqueraient à détruire les abus
introduits dans le théâtre italien et à le conduire
aussi loin que possible vers la perfection. J'ai le
regret de l'avoir jusqu'ici tenté en vain. Les raffi-
nés et les puristes, dont le nombre infini forme le
principal obstacle au progrès des beaux-arts, se sont
déchaînés contre une méthode qui, en s'enracinant,

---

[1] Cette lettre est écrite en italien.

détruirait d'un coup toutes leurs prétentions d'arbitres souverains.

On a cru pouvoir juger l'*Alceste* d'après des essais incomplets, mal dirigés et encore plus mal exécutés. On a calculé dans une chambre l'effet qu'il produirait dans un théâtre, avec cette même sagacité qui fit jadis, dans une ville de la Grèce, juger à quelques pieds de distance des statues destinées à de hautes colonnes. Une oreille délicate a trouvé telle cantilène trop âpre, tel passage trop rude et mal amené, sans songer qu'à la place qu'elle occupait la phrase musicale était peut-être le maximum de l'expression et offrait le plus beau contraste. Un puriste a profité d'une négligence ou d'une faute d'impression pour condamner tel autre passage comme un crime contre les lois de l'harmonie; enfin à l'unanimité on a décidé la guerre à une musique barbare et extravagante.

Il est vrai qu'on juge les autres parties de l'ouvrage avec le même critérium et qu'on les juge avec l'assurance de ne se pouvoir tromper; mais Votre Altesse en voit tout de suite la raison. Plus on cherche la vérité et la perfection, plus aussi la précision et l'exactitude sont nécessaires. Aux yeux du vulgaire les différences entre Raphaël et les autres peintres sont insensibles; et une altération dans les contours qui ne gâte pas la ressem-

blance d'un vilain visage défigure entièrement le
portrait d'une belle femme. Il s'en faudrait bien
peu que mon air d'*Orphée,*

« Que ferais-je sans Eurydice? »

en changeant quelque chose dans la façon de le
dire, ne devînt une saltarelle de Burattini. Une
note plus ou moins tenue, une altération de mouvement, un trop grand déploiement de voix, une
appogiature inopportune, un trille, un *passage,*
une roulade, peuvent ruiner toute une scène
dans un opéra comme le mien et ne pas gâter et
même embellir un opéra ordinaire. Aussi la présence de compositeurs à l'exécution d'une musique
telle que je la comprends est-elle aussi nécessaire
que la lumière du soleil dans un paysage. Il en est
la vie, l'âme, pour ainsi dire; sans lui tout reste
dans la confusion et dans les ténèbres. Mais il
faut s'attendre à ces obstacles tant qu'il y aura dans
le monde des gens qui se croient autorisés à décider en dernier ressort sur les beaux-arts parce
qu'ils ont deux yeux, deux oreilles. C'est malheureusement un défaut trop commun parmi les
hommes que la manie de vouloir discourir sur les
choses qu'ils entendent le moins. N'ai-je pas vu
dernièrement l'un des plus grands philosophes du

siècle se mêler d'écrire sur la musique et avancer comme un oracle que ce sont : « *Songes d'aveugles et niaiseries de romans* » [1].

Votre Altesse aura déjà lu le drame de *Páris* et remarqué qu'il ne fournit pas à la fantaisie du compositeur ces passions fortes, ces grandes images, ces situations tragiques qui dans l'*Alceste* remuent profondément les spectateurs et sont si favorables aux grands effets de l'art. On ne peut donc pas s'attendre à trouver dans cette musique la même force et la même énergie ; de même qu'on n'exigerait pas dans un tableau représentant un sujet en pleine lumière les mêmes effets de clair-obscur, les mêmes contrastes que dans un tableau peint dans le demi-jour. Il ne s'agit pas ici d'une femme qui, sur le point de perdre son époux, trouve le courage d'évoquer les divinités infernales au milieu des ténèbres de la nuit, dans une forêt sauvage, et qui, dans les angoisses de l'agonie, tremble sur le sort de son fils et ne peut se séparer d'un époux qu'elle adore. Il s'agit d'un jeune amoureux qui fait contraste avec l'humeur fantasque d'une honnête et orgueilleuse dame, et qui, avec tout l'art d'une passion ingénieuse, finit par triompher d'elle.

[1] Passage tiré de l'*Histoire de l'Opéra italien*, par Arteaga, jésuite, né en 1750 à Madrid, très-instruit, versé surtout dans la littérature ancienne, qui mourut à Paris en 1799.

J'ai dû chercher la variété des couleurs dans le
caractère différent des Phrygiens et des Spartiates,
en mettant en parallèle la rudesse et la sauvagerie
des uns avec la délicatesse et la mollesse des autres.
J'ai cru que le chant n'étant dans un opéra qu'une
substitution à la déclamation, il devait avec Hélène
imiter la rudesse native des Phrygiens, et j'ai pensé
que pour conserver ce caractère à la musique, ce
ne serait pas une faute de descendre quelquefois
jusqu'au trivial. Lorsqu'on veut rester dans la vérité, il faut plier son style au sujet qu'on traite,
les plus grandes beautés dans la mélodie et dans
l'harmonie devenant des imperfections, des défauts,
quand elles sont hors de propos. Je n'espère pas
pour mon *Pâris* un meilleur succès que pour
l'*Alceste;* quant à mon but d'entraîner les compositeurs de musique vers une réforme si vivement
souhaitée, il rencontrera les plus grands obstacles;
toutefois je ne cesserai pas de faire de nouvelles
tentatives pour la réalisation de mon dessein, et
si j'obtiens l'assentiment de Votre Altesse je répé-
terai avec satisfaction : *Tolle syparium ; sufficit
mihi unus Plato pro cuncto populo*[1].

---

[1] Ce passage, que personne n'avait compris, a été expliqué
ainsi à M. Nohl par un éminent philologue de Munich adonné
aux études historiques. La traduction est : « Levez le rideau,
je préfère un seul Platon à tout un peuple. » C'est une allu-

J'ai l'honneur d'être, avec le plus profond respect,

De Votre Altesse

Le très-humble, très-dévoué et très-obéissant serviteur.

Le Chevalier Christophe GLUCK.

Vienne, 30 octobre 1770.

---

sion à une anecdote qui se passa entre Antimachus et Platon, racontée par Cicéron dans *Brutus*, chap. 51, et dont Plutarque fait mention dans *Lysandre*. La phrase '*Plato enim mihi unus instar est omnium* est ici néolatinisée, comme aussi l'expression *tollere syparium* trahit assez l'auteur arrivé plus tard. L'orthographe *syparium* n'est pas correcte, il faut écrire *siparium*; ce mot remplace ici celui de *aulæum* (c'est-à-dire, rideau principal), et désigne le rideau spécial en usage aux changements de scène.

III

AU RÉDACTEUR DU *MERCURE DE FRANCE* [1].

MONSIEUR,

On aurait de justes reproches à me faire, et je m'en ferais, Monsieur, de très-graves, si, après avoir lu la lettre écrite d'ici à un des directeurs de l'Académie royale de musique, que vous avez insérée dans le *Mercure* d'octobre dernier, et dont l'*Iphigénie,* opéra, est l'objet, si, dis-je, après avoir témoigné ma reconnaissance à l'auteur de cette

[1] M. le bailly du Rollet, secrétaire de l'ambassade française à Vienne, avait adressé une lettre à M. le chevalier Antoine d'Auvergne, l'un des directeurs de l'Opéra de Paris, à la date du 1er août 1772. Elle avait pour but de préparer l'admission au grand Opéra de l'*Iphigénie en Aulide*, dont du Rollet avait lui-même écrit le livret d'après le goût français; il avait en conséquence engagé Gluck à composer une musique dans le style dramatique français. La réponse de Gluck à cette lettre, qui parut dans le *Mercure*, probablement pas à son insu, et sans doute à sa grande satisfaction, laisse apercevoir clairement la collaboration de du Rollet. Les phrases agréables à l'adresse des Français n'avaient pas d'autre but que d'éveiller l'attention du public et de rendre possible la représentation de l'*Iphigénie* à Paris. (Note de M. Nohl.)

lettre, des louanges qu'il lui a plu de me pro-
diguer, je ne m'empressais pas de déclarer que
son amitié et une prévention trop favorable sans
doute l'ont entraîné, et que je suis bien loin de
me flatter de mériter les éloges qu'il me donne.
Je me ferais un reproche encore plus sensible si
je consentais à me laisser attribuer l'invention du
nouveau genre d'opéra italien dont le succès a
justifié la tentative. C'est à M. de Calzabigi[1] qu'en
appartient le principal mérite, et si ma musique
a eu quelque éclat, je crois devoir reconnaître que
c'est lui qui m'a mis à portée de développer les ressources de mon art. Cet auteur, plein de génie et
de talent, a suivi une route peu connue des Italiens
dans les poëmes d'*Orphée,* d'*Alceste* et de *Pâris.*
Ces ouvrages sont remplis de ces situations heureuses, de ces traits terribles et pathétiques qui
fournissent au compositeur le moyen d'exprimer
de grandes passions, et de créer une musique
énergique et touchante. Quelque talent qu'ait le
compositeur, il ne fera jamais que de la musique
médiocre si le poëte n'excite pas en lui cet enthousiasme sans lequel les productions de tous les
arts sont faibles et languissantes; l'imitation de la
nature est le but reconnu qu'ils doivent tous se

---

[1] Calzabigi, auteur du poëme d'*Alceste.*

proposer. C'est celui auquel je tâche d'atteindre ; toujours simple et naturelle, autant qu'il m'est possible, ma musique ne tend qu'à la plus grande expression et au renforcement de la déclamation de la poésie. C'est la raison pour laquelle je n'emploie point les *trilles,* les *passages* et les *cadences* que prodiguent les Italiens. Leur langue, qui s'y prête avec facilité, n'a donc à cet égard aucun avantage pour moi ; elle en a sans doute beaucoup d'autres ; mais, né en Allemagne, quelque étude que j'aie pu faire de la langue italienne ainsi que de la langue française, je ne crois pas qu'il me soit permis d'apprécier les nuances délicates qui peuvent faire donner la préférence à l'une des deux, et je pense que tout étranger doit s'abstenir de les juger entre elles ; mais ce que je crois qu'il m'est permis de dire, c'est que celle qui me conviendra toujours le mieux sera celle où le poëte me fournira le plus de moyens variés d'exprimer les passions, c'est l'avantage que j'ai cru trouver dans les paroles d'*Iphigénie,* dont la poésie m'a paru avoir toute l'énergie propre à m'inspirer de la bonne musique. Bien que je n'aie jamais été dans le cas d'offrir mes ouvrages à aucun théâtre, je ne peux savoir mauvais gré à l'auteur de la lettre, à l'un des directeurs, d'avoir proposé mon *Iphigénie* à votre Académie de musique. J'avoue que je l'aurais

produite avec plaisir à Paris, parce que par son effet,
et avec l'aide du fameux Rousseau de Genève, que
je me proposais de consulter, nous aurions peut-
être ensemble, en cherchant une mélodie noble,
sensible et naturelle, avec une déclamation exacte
selon la prosodie de chaque langue et le caractère
de chaque peuple, pu fixer le moyen que j'en-
visage de produire une musique propre à toutes
les nations, et de faire disparaître la ridicule distinction de musique nationale. L'étude que j'ai
faite des ouvrages de ce grand homme sur la musique; la lettre, entre autres, dans laquelle il fait
l'analyse du monologue de l'*Armide* de Lulli,
prouve la sublimité de ses connaissances et la
sûreté de son goût, et m'ont pénétré d'admiration.
Il m'en est demeuré la persuasion intime que s'il
avait voulu donner son application à l'exercice
de cet art, il aurait pu réaliser les effets prodigieux que l'antiquité attribue à la musique. Je
suis charmé de trouver ici l'occasion de lui rendre
publiquement ce tribut d'éloges que je crois qu'il
mérite.

Je vous prie, Monsieur, de vouloir bien insérer
cette lettre dans votre prochain *Mercure*.

J'ai l'honneur d'être, etc.

Chevalier GLUCK.

IV

AU PÈRE MARTINI [1].

MAÎTRE ET ILLUSTRE AMI,

M. Taiber[2] m'a exprimé votre désir d'avoir mon portrait. Je suis aussi sensible à l'honneur que vous me faites que désolé de ne pouvoir aller à Bologne, où j'aurais l'espoir de trouver quelque artiste habile, et où votre présence m'embellirait.

S. E. le comte Durazzo, ambassadeur impérial à Venise, et mon protecteur depuis vingt ans, a fait copier le portrait qui fut fait de moi à Rome, lors de mon dernier voyage, en ayant soin de le faire retoucher par un jeune élève afin de lui donner ma physionomie actuelle.

Des compositions qui vous sont indiquées, *Orphée* seul est, je crois, connu là-bas. Les autres ont obtenu les suffrages de notre Cour, et je suis maintenant sur le point de me rendre à Paris, avec l'intention de donner la dernière, c'est-à-dire

---

[1] Cette lettre est écrite en italien et adressée au Père Martini, le plus fameux maître de composition du siècle dernier.

[2] Antoine Taiber, organiste à Vienne, et vraisemblablement élève du célèbre Père G. B. Martini de Bologne.

l'*Iphigénie en Aulide*, au grand Opéra. L'entreprise est assurément téméraire et les obstacles seront grands, parce que ma musique doit attaquer de front les préjugés nationaux, contre lesquels la raison ne suffit pas.

Si de là-bas je puis vous être utile, ordonnez. Je devrai aussi à S. E. l'ambassadeur l'avantage de vous faire parvenir mon portrait lorsqu'il sera de retour à Venise. Il aime et protège les beaux-arts, enfin professe pour vous une estime toute particulière, bien qu'il ne vous connaisse pas personnellement.

Je suis, avec la plus grande considération et amitié, votre très-dévoué et très-reconnaissant serviteur,

Le chevalier Christophe GLUCK.

Vienne, le 26 octobre 1773.

PASSAGE D'UNE LETTRE DU PÈRE MARTINI

A L'ABBÉ ARNAUD [1].

Dans votre lettre, Votre Grâce fait un éloge juste et bien mérité de l'inspiration émouvante et du mérite du chevalier Gluck. Dans les trois drames

---

[1] Le Père Martini, dit M. Nohl dans une note, ne se montra pas insensible aux prévenances de Gluck. Lorsque peu de

2

qui me sont connus, il a cherché à donner aux
situations l'expression la plus vive et la plus forte
et par ce moyen à intéresser au plus haut degré,
songeant à ce que la musique servît les paroles bien
plus que celles-ci n'aidassent la musique. Aussi le
chevalier Gluck m'ayant honoré d'une visite à
l'occasion de l'ouverture du nouveau théâtre de
Bologne, je me suis réjoui avec lui de ce qu'il
avait su joindre les plus beaux côtés de la musique
italienne aux qualités de la musique française et
aux beautés de la musique instrumentale des Al-
lemands.....

temps après éclatait à Paris la fameuse controverse musicale,
Martini répondit à l'abbé Arnaud, le **28** février **1777**, par
une lettre qui se trouve à la Bibliothèque de Vienne, et dont
voici un passage que je traduis de l'allemand, langue dans
laquelle M. Nohl a fait passer la lettre du célèbre compositeur
italien.

V

A LOUIS XVI DE FRANCE[1].

SIRE,

Lorsqu'à l'exemple des Grecs, Auguste, les Médicis, Louis XIV, accueillirent et récompensèrent les arts, ils avaient un objet plus important que celui de multiplier les amusements et les plaisirs, ils envisageaient cette partie des connaissances humaines comme un des plus précieux anneaux de la chaîne politique : ils savaient que les arts seuls ont l'avantage d'adoucir les hommes sans les corrompre, et de les disposer à la soumission sans les avilir.

Dès votre avénement au trône, Sire, vous vous montrez animé des mêmes principes et des mêmes vues. Pendant que Votre Majesté travaille sans relâche au soulagement et à la félicité de ses sujets, elle ne dédaigne point l'hommage que j'ose lui faire, et

[1] Cette lettre, écrite en français par Gluck au roi Louis XVI pour lui dédier son opéra d'*Iphigénie en Aulide*, tragédie lyrique en trois actes, représentée pour la première fois à l'Académie royale de musique, le mardi 19 août 1774, se trouve dans la partition.

en me donnant les premières preuves de sa protection pour les arts, elle fait le bonheur et la
gloire d'un étranger qui ne le cède à aucun Français en zèle, en reconnaissance et en dévouement
pour votre personne sacrée !

C'est avec ces sentiments, joints au plus profond
respect, que je suis,

Sire,

de Votre Majesté,

Le très-humble et très-obéissant serviteur,

Le chevalier GLUCK.

VI

A MARIE-ANTOINETTE.

Madame,

Comblé de vos bienfaits, le plus précieux à mes yeux est celui qui me fixe au milieu d'une nation d'autant plus digne de vous posséder qu'elle sent tout le prix de vos vertus. Honoré de votre protection, je dois sans doute à cet avantage les applaudissements que j'ai reçus. Je n'ai point prétendu, comme plusieurs ont semblé vouloir me le reprocher, venir donner aux Français des leçons sur leur propre langue, ni leur prouver qu'ils n'avaient eu jusqu'à présent aucun auteur digne de leur admiration et de leur reconnaissance. Il existe chez eux des morceaux auxquels je donne les éloges qu'ils méritent; plusieurs de leurs auteurs vivants sont dignes de leur réputation. J'ai cru que je pouvais essayer sur des paroles françaises le nouveau genre de musique que j'ai adopté dans mes trois derniers opéras italiens. J'ai vu avec satisfaction que l'accent de la nature est la langue universelle. M. Rousseau l'a employé avec le plus grand succès dans le genre simple. Son *Devin du*

2.

village est un modèle qu'aucun auteur n'a encore imité. J'ignore jusqu'à quel point j'ai réussi dans le mien, mais j'ai le suffrage de Votre Majesté, puisqu'Elle me permet de lui dédier cet ouvrage[1]. C'est pour moi le succès le plus flatteur. Le genre que j'essaye d'introduire me paraît rendre à l'art sa dignité primitive. La musique ne sera plus bornée aux froides beautés de convention auxquelles les auteurs étaient obligés de s'arrêter.

C'est avec les sentiments du plus profond respect que je suis,

      Madame,

          de Votre Majesté,

   Le très-humble et très-obéissant serviteur,

         Le chevalier GLUCK.

LETTRE DE MARIE-ANTOINETTE

A SA SOEUR MARIE-CHRISTINE.

Versailles, ce 26 avril 1774.

Enfin, ma chère Christine, voilà un grand triomphe : nous avons eu le 19 la première représen-

---

[1] *Orphée et Eurydice*, tragédie lyrique en trois actes, dédiée à la Reine par M. le chevalier Gluck, représentée à l'Académie de musique le mardi 2 août 1774.

On sait que Gluck vint à Paris mandé par Marie-Antoinette,

tation de l'*Iphigénie* de Gluck, j'en ai été transportée; on ne peut plus parler d'autre chose, il règne dans toutes les têtes une fermentation aussi extraordinaire sur cet événement que vous le puissiez imaginer, c'est incroyable; on se divise, on s'attaque comme s'il s'agissait d'une affaire de religion; à la cour, quoique je me sois prononcée publiquement en faveur de cette œuvre de génie, il y a des partis et des discussions d'une vivacité singulière. Il paraît que c'est bien pire encore à la ville. J'avais voulu voir M. Gluck avant l'épreuve de la représentation, et il m'avait développé lui-même le plan de ses idées, pour fixer, comme il l'appelle, le vrai caractère de la musique théâtrale, et le faire rentrer dans le naturel : si j'en juge par l'effet que j'ai éprouvé, il a réussi au delà de ses désirs. M. le Dauphin était sorti de son calme, et il a trouvé partout à applaudir; mais comme je m'y attendais, à la représentation, s'il y a eu des morceaux qui ont transporté, on avait l'air en général d'hésiter : on a besoin de se faire à ce nouveau système, après avoir eu tant l'habitude du contraire; aujourd'hui tout le monde veut entendre

qui ne cessa de lui accorder sa protection. Dans une lettre à sa sœur, en date du 3 mai 1777, la Reine l'appelle « notre bon Gluck ».

la pièce, ce qui est un bon signe, et Gluck se montre très-satisfait : je suis certaine que vous serez heureuse comme moi de cet événement.

Adieu, chère Sœur, je n'ai pas besoin de vous dire combien je vous aime; il y a trop longtemps que je n'ai reçu de vos nouvelles, et vous saurez que je ne peux m'en passer. Gluck m'a écrit quelques morceaux de sa musique que je chante sur le clavecin. Adieu encore.

MARIE-ANTOINETTE.

A cette lettre de Marie-Antoinette on peut joindre celle de la princesse de Lamballe, adressée et publiée en 1826 « par une dame de qualité » :

« Au temps de son bonheur et de sa puissance, Marie-Antoinette avait fait venir le fameux Gluck d'Allemagne à Paris. Sa présence ne coûta rien au trésor public; la Reine paya toutes ses dépenses de sa propre bourse, lui abandonnant d'ailleurs le produit de ses opéras, qui rapportèrent des sommes immenses au théâtre.

» Marie-Antoinette fit les frais de l'instruction musicale du chanteur français Garat, qu'elle pensionna ensuite pour ses concerts particuliers.

» Sa Majesté accorda aussi beaucoup de protection au célèbre Viotti, qui lui-même faisait partie de sa musique privée. Quand Viotti allait exécuter un concerto, la Reine faisait ordinairement le tour du salon, et disait avec l'accent de la plus aimable bonté : « Mesdames et messieurs, je vous prie de » faire silence, de prêter toute votre attention, de » ne pas causer pendant qué M. Viotti jouera; » cela pourrait l'interrompre et nuire à sa brillante » exécution. »

» Gluck composa son *Armide* pour faire une allusion flatteuse à la beauté de Marie-Antoinette. Je n'ai jamais vu Sa Majesté manifester plus d'intérêt à quoi que ce fût qu'à la réussite de cette pièce. On peut dire qu'elle était l'esclave d'Armide. Elle avait l'extrême complaisance d'écouter toutes les pièces de Gluck avant que celui-ci les mît en répétition au théâtre. Gluck disait lui-même qu'il avait toujours amélioré sa musique d'après l'effet qu'elle avait produit sur la Reine.

» Un jour qu'il sortait de chez Marie-Antoinette, après la répétition d'une pièce qu'il était venu soumettre à l'approbation de Sa Majesté, je le suivais en le félicitant du succès toujours croissant d'*Armide* à chaque représentation. « O ma chère » princesse, s'écria-t-il, il ne lui manque plus rien » pour être applaudie jusqu'au septième ciel, que » deux têtes aussi belles que celle de Sa Majesté

» et la vôtre. » — « S'il ne faut que cela, répon-
» dis-je, nous nous ferons peindre pour vous, mon-
» sieur Gluck. » — « Non, non; vous ne m'en-
» tendez pas, reprit-il; je veux dire les têtes
» réelles; mes actrices sont fort laides, et Armide,
» aussi bien que sa confidente, devraient être de
» charmantes femmes. »

» Quel que fût le succès public d'*Armide*, l'une
des plus belles productions qui aient jamais paru
sur la scène française, personne n'estimait plus
cet ouvrage que son auteur même. Gluck en était
tout à fait idolâtre. Il disait à la Reine que l'air de
la France avait doublé la vigueur de son génie
musical; et que la vue de Sa Majesté avait donné à
ses idées un élan si prodigieux, que ses compositions étaient devenues, comme elle, angéliques
et sublimes.

» La première actrice qui entreprit de jouer le
rôle d'Armide fut madame Saint-Huberti. La Reine
aimait beaucoup son talent; elle était première
chanteuse de l'Opéra français, quoique Allemande
de naissance. Gluck donnait de grands éloges aux
qualités naturelles de sa voix. A l'invitation de
Marie-Antoinette, Gluck se chargea d'apprendre
lui-même le rôle d'Armide à madame Saint-Huberti.
Sacchini la forma au style noble de l'école italienne;
et mademoiselle Bertin, couturière et modiste de

la Reine, eut ordre de fournir le costume complet
du personnage.

» Marie-Antoinette fut peut-être plus libérale
envers cette actrice qu'à l'égard de toute autre.
Elle paya souvent ses dettes, qui étaient considé-
rables, attendu que madame Saint-Huberti ne re-
présentait jamais une reine sans étaler dans ses
habits une pompe vraiment royale.

» Gluck avait le sentiment intime du mérite et
de la dignité de ses ouvrages. Cette conviction
faillit entraver la mise en scène de l'opéra d'*Armide*,
en excitant la jalousie du grand Vestris, à qui le
compositeur laissait peu de moyens de déployer les
grâces de son art. Plusieurs démêlés sérieux eurent
lieu entre les deux rivaux, également en possession
l'un et l'autre de l'enthousiasme des Parisiens.
On craignit un moment que le succès d'*Armide* ne
fût compromis, si les danseurs n'entraient en partage égal dans l'exécution. Mais Gluck, dont l'opi-
niâtreté germanique n'aurait pas cédé une seule
note, dit à Vestris qu'il pouvait composer un ballet,
que la scène lui serait alors entièrement aban-
donnée; mais qu'un artiste qui portait toute sa
science dans ses talons n'avait pas le droit de
donner ainsi des coups de pied dans un opéra tel
que celui d'*Armide*. « Mon sujet, ajouta Gluck, est
» tiré de l'immortel auteur de la *Jérusalem*, j'en

» ai composé la musique selon les règles de l'art
» et d'après les inspirations de mon génie, il doit
» donc s'y trouver fort peu de place pour les gam-
» bades. Si le Tasse eût voulu faire un danseur de
» Renaud, il ne l'eût point montré sous les traits d'un
» guerrier. »

» Renaud était le rôle que Vestris désirait pour
son fils. Malgré tout, grâce à l'intervention de la
Reine, Vestris consentit prudemment à jouer le rôle
tel qu'il avait d'abord été composé par Gluck.

» La Reine admirait et protégeait Auguste Vestris, le dieu de la danse, comme on l'appelait.
Auguste Vestris ne perdit jamais la faveur de Sa
Majesté, encore bien qu'il manquât souvent de
respect envers le public, qu'il se donnât des airs
déplacés, et refusât quelquefois de danser. Un
jour, entre autres, que Sa Majesté se trouvait à
l'Opéra, il prétexta une excuse frivole, et ne
voulut point paraître. En conséquence il fut arrêté
sur-le-champ. Alarmé sur les suites de l'impru-
dence de son fils, le père accourut vers moi, et me
supplia, dans les termes les plus pressants, de
faire tous mes efforts auprès de la Reine pour que
Sa Majesté pardonnât. « Mon fils, s'écria-t-il,
» ignorait que Sa Majesté honorât le spectacle de
» sa présence; autrement, eût-il refusé de danser
» devant sa généreuse bienfaitrice? Je suis désolé

» au delà de ce que je puis dire de ce malentendu
» entre les deux maisons de Vestris et de Bourbon,
» qui ont toujours vécu de si bonne intelligence
» depuis notre arrivée de Florence à Paris. Mon
» fils est au désespoir, et dansera comme un ange,
» si Sa Majesté daigne ordonner qu'il soit mis en
» liberté. »

» Je rapportai cette conversation, *verbatim*, à la
Reine, qui s'amusa beaucoup de cette arrogance
florentine, et envoya aussitôt un page pour faire
sortir le jeune Vestris.

» Il parut, et déploya toute la perfection de son
talent. La Reine l'applaudit beaucoup. Au moment
où Sa Majesté allait sortir de sa loge, le vieux Vestris lui présenta son fils, qui venait la remercier.

» Ah! monsieur Vestris, dit la Reine au père,
» vous n'avez jamais aussi bien dansé que votre
» fils l'a fait ce soir!

» — Cela est tout naturel, Madame, répondit le
» vieux Vestris, car, n'en déplaise à Votre Majesté,
» je n'ai jamais eu de Vestris pour maître.

» — Le plus grand mérite en est donc à vous,
» reprit la Reine; je me souviendrai toujours de
» vous avoir vu danser le menuet de la cour avec
» mademoiselle Guimard. »

» Et le vieux Vestris de relever la tête avec cette
grâce qui n'appartenait qu'à lui. Tout rempli qu'il

3

était d'un amour-propre ridicule, ce vieillard avait
beaucoup de noblesse dans les manières. Son père
était un peintre assez distingué de Florence, et
originaire de Toscane. »

Cette lettre revient à nous comme un écho de
la célèbre lutte des Gluckistes et des Piccinistes,
dont la princesse de Lamballe avait été témoin,
non-seulement dans la critique, mais encore au
théâtre. On sait que les premiers se tenaient du
côté de la loge de la Reine et que les seconds se
groupaient dans « le coin du Roi ».

VII

A KLOPSTOCK.

J'espère que vous avez reçu du comte de Cobenzl les airs que vous m'aviez demandés[1] et que j'ai envoyés par cette occasion pour épargner les frais de poste. J'ai dû m'abstenir d'observations, ne sachant pas les exprimer comme je l'eusse désiré. Cela vous eût été, je pense, aussi difficile d'apprendre à quelqu'un dans une lettre comment on doit déclamer votre *Messie*. Ce sont choses de sentiment qui ne peuvent être expliquées, vous le savez comme moi. Je n'ai pas manqué de planter quelques jalons, mais jusqu'à ce jour je n'ai pu encore négocier l'affaire; car à peine étais-je arrivé à Vienne, que l'Empereur en est parti, et il n'est pas encore de retour. Sur un tel sujet il faut donner « le quart d'heure de grâce » pour aboutir à quelque chose; en outre, dans les grandes Cours on trouve rarement l'occasion de proposer quelque chose de bon.

---

[1] Ces airs ne sont autres que des mélodies composées par Gluck sur des paroles de Klopstock avec des accompagnements de clavecin.

Sur ces entrefaites, j'apprends qu'on veut ériger ici une Académie des beaux-arts, et que la Société des journaux et calendriers doit faire une partie des fonds. Quand je serai mieux instruit sur ce qui concerne ce projet, je ne manquerai pas de vous en avertir. En attendant, et jusqu'à ce que je sois assez heureux pour vous revoir, gardez-moi un peu d'affection. Ma femme et ma fille, qui se réjouissent toujours d'avoir de vos nouvelles, vous envoient leurs compliments. Sur ce, je reste toujours,

Votre dévoué

GLUCK.

Note de M. Nohl. — L'original de la lettre précédente se trouve dans la Bibliothèque de l'État, à Berlin. Gluck, en revenant de Paris avec sa femme et sa nièce, au printemps de 1775, s'était, en effet, trouvé à Strasbourg avec Klopstock, et avait devant lui fait chanter à sa nièce des morceaux de *la Bataille d'Hermann.* Huit jours plus tard, le poëte enthousiasmé ayant donné au musicien rendez-vous à Rastadt, dans une brillante société, il écrivait « la contre-promesse » suivante, que signèrent la nièce de Gluck et toutes les personnes présentes, parmi lesquelles se trouvaient plusieurs grands seigneurs :

« Je soussignée, enchanteresse du Saint-Empire romain, comme aussi du profane royaume gallican, je certifie et reconnais par ces présentes, que j'ai promis et promets à Klopstock, qu'aussitôt mon retour dans la capitale de la plus noble des maisons souveraines, nommée Vienne, après m'être reposée de mon voyage trois jours et trois nuits, je lui enverrai sur-le-champ, sans aucun retard, 1° l'air dans lequel Orphée pleure

Eurydice ; 2° l'air dans lequel Alceste pleure ses enfants ; que
je mettrai sous chacun de ces airs quelques mots, indiquant
autant que possible le mode, la façon, les inflexions de
voix, les nuances et le charme de ma diction ; notes que ledit
Klopstock peut envoyer de son côté à sa nièce à Hambourg,
et qui, d'après son dire, est aussi une vraie magicienne.

» Fait et certifié à Rastadt, le 17 mars 1775. »

A cette anecdote, M. Nohl en joint une autre,
trouvée par le docteur D. G. Strauss dans une
lettre écrite par un personnage de la Cour de
Carlsruhe. Voici cette lettre :

« Pendant le séjour de Klopstock ici, apparurent, un beau
matin, le chevalier Gluck, sa femme et sa nièce ; ils m'étaient
adressés par le conseiller Riedel de Vienne, et devaient être
présentés par moi à la Cour. Ils l'enchantèrent avec leur
divine musique, dans deux soirées où, à l'exception de deux
invités, de Klopstock et de moi, personne n'avait été admis. Le
vieux chanta *con'amore* beaucoup de morceaux de la *Mes-
siade*, mis par lui en musique. Sa femme lui accompagna
d'autres petits morceaux, et sa charmante nièce chanta plusieurs
fois à ravir la romance de Klopstock : *Je suis une jeune fille
allemande.*

» Klopstock se tenait toujours dans un coin, loin de l'encens
dont il était lui-même fort avare à leur égard. En nous quittant ils partirent pour Paris, comblés de présents princiers. Quand
ils en revinrent quelque temps après, le ministre, M. d'Edels-
heim, les invita à dîner dès leur arrivée, en me faisant dire
d'y venir également. Je ne pus paraître qu'à la fin du dîner, et
aussitôt le ministre me pria de prendre place entre mademoiselle Gluck et M. de M...., actuellement maréchal de la Cour.

» Vous arrivez à propos, me dit la gracieuse jeune fille, et vous allez décider entre M. Klopstock et moi. — *Et de quoi s'agit-il? (sic)*, demandai-je. — De décider si la nation française est, oui ou non, une aimable nation; Klopstock soutient la négative et ne veut pas céder, quoique M. de P... et M. de M... soient d'un avis différent. — *Et vous, mademoiselle?* *(sic)*. — Ah! je ne puis assez vous dire combien j'ai été comblée par tout Paris, par les plus grands personnages comme par les plus humbles, de toutes sortes de faveurs, de prévenances et de présents. — La question est donc résolue, répondis-je; et celui qui connaît cette nation la trouve avec vous et nous fort aimable, et cela *malgré la haine du Nord (sic)*. Vient-elle à dédaigner celui qui ne la connaît pas, il en est assez puni.

» La jeune fille se leva, m'embrassa sur les deux joues : « Cher X..., dit-elle, vous êtes mon homme ». Elle jeta un regard de compassion sur Klopstock; tous m'applaudirent, et m'adressant à lui : — *Apprenez, cher poëte (sic)*, lui dis-je, *à mieux juger les nations et à faire le complaisant vis-à-vis le sexe (sic)*. — Oh! pour cela, j'y pensais, » fut sa seule réponse, et il resta aussi entêté qu'auparavant. »

Dans son *Journal d'un musicien en voyage*, l'Anglais Burney, continue M. Nohl, raconte ainsi la visite qu'il fit à Gluck, en compagnie de la comtesse de Thun :

« Il accompagna sur un mauvais piano sa nièce à peine âgée de treize ans, dans deux des meilleures scènes de son célèbre opéra d'*Alceste*. Cette jeune fille chanta d'une voix forte et pleine, et avec infiniment de goût et d'expression, des choses fort difficiles. Ensuite elle dit encore quelques scènes de différents styles et de divers compositeurs, et tout particulièrement de Traetta. On m'assura que mademoiselle Gluck n'apprenait à chanter que depuis deux ans, ce qui m'étonna au plus haut point, tant elle avait déjà poussé loin son art. Elle avait commencé à l'apprendre, mais sans grand résultat, avec son oncle, qui dans un accès de désespoir irréfléchi lui avait cessé ses leçons. Sur ces entrefaites, un certain Milico, chanteur italien établi à Vienne à cette époque, découvrit qu'on pouvait faire quelque chose de sa voix, et que même cette enfant annonçait beaucoup de dispositions. Il supplia qu'on lui permît, pendant une couple de mois, de continuer les leçons à la jeune fille, malgré le jugement défavorable qu'on avait porté sur elle, et qui provenait plus des impatiences et de la vivacité de l'oncle que du manque de moyens de la nièce. Le beau talent de celle-ci dénote celui du sieur Milico, la sagacité avec laquelle il fit cette découverte, l'excellence de sa méthode d'enseignement. Mademoiselle Gluck a si bien saisi l'expression et le goût de son maître, se les est si bien appropriés, qu'il n'y a pas apparence d'une froide imitation dans son chant plein de sentiment. Cette manière de chanter a chez une jeune fille plus de charme et d'attrait encore que chez le signor Milico lui-même.

« Mademoiselle (*sic*) Gluck est élancée et de constitution délicate. Elle sent si vivement ce qu'elle chante, que je serais inquiet de sa santé, si elle voulait faire du chant sa profession. »

Elle mourut en effet de très-bonne heure, ajoute M. Nohl.

VIII

AU BAILLY DU ROLLET [1].

Je viens de recevoir, mon ami, votre lettre du 15 janvier, par laquelle vous m'exhortez à continuer de travailler sur les paroles de l'opéra de *Roland;* cela n'est plus faisable, parce que quand j'ai appris que l'administration de l'Opéra, qui n'ignorait pas que je faisais *Roland*, avait donné ce même ouvrage à faire à M. Piccini, j'ai brûlé tout ce que j'en avais déjà fait, qui peut-être ne valait pas grand'chose, et en ce cas le public doit avoir obligation à M. Marmontel d'avoir empêché qu'on ne lui fît entendre une mauvaise musique. D'ailleurs je ne suis plus un homme fait pour entrer en

---

[1] On sait qu'il y avait aussi à Paris un très-fort parti pour la musique italienne, auquel appartenaient le roi Louis XV, madame du Barry et le Dauphin. Lorsque la reine Marie Antoinette prit sous sa protection toute spéciale son compatriote autrichien, la du Barry fut doublement stimulée à lui opposer un adversaire. Elle choisit dans ce but son ancien amant, le Napolitain Nicolò Piccini, pour qui elle sut obtenir de l'administration du grand Opéra la commande de *Roland*, quoiqu'on eût déjà conclu à ce sujet avec Gluck. Celui-ci l'apprit par son ami du Rollet, auquel il répondit en français la lettre énergique et mordante que voici. (*Note de M. Nohl.*)

concurrence. M. Piccini aurait trop d'avantage sur
moi, car outre son mérite personnel, qui est assurément si grand, il aurait celui de la nouveauté,
moi ayant donné à Paris quatre ouvrages bons ou
mauvais, n'importe; cela use la fantaisie; et puis
je lui ai frayé le chemin, il n'a qu'à me suivre.
Je ne vous parle pas de ses protections. Je suis
sûr qu'un certain politique de ma connaissance
donnera à dîner et à souper aux trois quarts de
Paris pour lui faire des prosélytes, et que Marmontel, qui sait si bien faire des Contes, contera
à tout le royaume le mérite exclusif du sieur Piccini. Je plains, en vérité, M. Hébert d'être
tombé dans les griffes de tels personnages, l'un
amateur exclusif de musique italienne, l'autre
auteur dramatique d'opéras prétendus comiques.
Il lui ferait voir la lune à midi. J'en suis vraiment
fâché; car c'est un galant homme que M. Hébert,
et c'est la raison pour laquelle je ne m'éloigne pas
de lui donner mon *Armide*, aux conditions cependant que je vous ai marquées dans ma précédente
lettre, et dont les essentielles, je vous le répète,
sont qu'on me donnera au moins deux mois, quand
je serai à Paris, pour former mes acteurs et mes
actrices; que je sois le maître de faire autant de
répétitions que je croirai nécessaire; qu'on ne
laissera doubler aucun rôle, et qu'on tiendra un

3.

autre opéra tout prêt, au cas que quelque acteur
ou actrice soit incommodé. Voilà mes conditions,
sans lesquelles je garderai l'*Armide* pour mon
plaisir. J'en ai fait la musique de manière qu'elle
ne vieillira pas si tôt.

Vous me dites, mon cher ami, dans votre lettre,
que rien ne vaudra jamais l'*Alceste*; mais moi, je
ne souscris pas encore à votre prophétie. *Alceste*
est une tragédie complète, et je vous avoue que
je crois qu'il manque très-peu de chose à sa perfection; mais vous n'imaginez pas de combien de
nuances et de routes différentes la musique est
susceptible; l'ensemble de l'*Armide* est si différent
de celui de l'*Alceste*, que vous croirez qu'ils ne
sont pas du même compositeur. Aussi ai-je employé le peu de suc qui me restait pour achever
l'*Armide;* j'ai tâché d'y être plus peintre et plus
poëte que musicien; enfin, vous en jugerez, si on
veut l'entendre. Je vous confesse qu'avec cet opéra
j'aimerais à finir ma carrière. Il est vrai que pour
le public il faudra au moins autant de temps pour
le comprendre, qu'il lui en a fallu pour comprendre l'*Alceste*. Il y a une espèce de délicatesse
dans l'*Armide* qui n'est pas dans l'*Alceste* : car
j'ai trouvé le moyen de faire parler les personnages
de manière que vous connaîtrez d'abord à leur
façon de s'exprimer quand ce sera Armide qui

parlera, ou une suivante, etc., etc. Il faut finir, autrement vous croiriez que je suis devenu fou ou
charlatan. Rien ne fait un si mauvais effet que de
se louer soi-même, cela ne convenait qu'au grand
Corneille; mais quand Marmontel ou moi nous
nous louons, on se moque de nous, et on nous
rit au nez. Au reste, vous avez grande raison de
dire qu'on a trop négligé les compositeurs français; car, ou je me trompe fort, je crois que Gossec
et Philidor, qui connaissent la coupe de l'opéra
français, serviraient infiniment mieux le public
que les meilleurs auteurs italiens, si l'on ne s'en-
thousiasmait pas pour tout ce qui a l'air de nouveauté. Vous me dites encore, mon ami, qu'*Orphée* perd par la comparaison avec *Alceste*.
Eh, mon Dieu! comment peut-on comparer ces
deux ouvrages, qui n'ont rien de comparable? L'un
peut plaire davantage que l'autre; mais faites
exécuter l'*Alceste* avec vos mauvais acteurs et
toute autre actrice que mademoiselle Le Vasseur,
et *Orphée* avec tout ce que vous avez de meilleur,
et vous verrez qu'*Orphée* emportera la balance;
les choses les mieux faites, mal exécutées, deviennent d'autant plus insupportables. Une comparaison
ne peut subsister entre deux ouvrages de différente
nature. Que si, par exemple, Piccini et moi nous
faisons chacun pour notre compte l'opéra de *Ro-*

land, alors on pourrait juger lequel des deux l'aurait le mieux fait; mais les divers poëmes doivent nécessairement produire différentes musiques, lesquelles peuvent être pour l'expresion des paroles tout ce qu'on peut trouver de plus sublime chacune dans son genre; mais alors toute comparaison *claudicat.* Je tremble presque qu'on ne veuille comparer l'*Armide* et l'*Alceste,* poëmes si différents, dont l'un doit faire pleurer et l'autre faire éprouver une voluptueuse sensation; si cela arrive, je n'aurai pas d'autre ressource que de faire prier Dieu que la bonne ville de Paris retrouve son bon sens.

Adieu, mon cher ami; je vous embrasse, etc.

GLUCK.

IX

RÉPONSE DE M. LE CHEVALIER GLUCK

A UN ARTICLE DU SIEUR FRAMERY, RÉDACTEUR DU *MERCURE DE FRANCE* [1].

Il y a dans le *Mercure de France* du mois de septembre 1776 une lettre d'un certain sieur Framery au sujet de M. Sacchini, lequel serait fort à plaindre s'il avait besoin d'un tel défenseur pour soutenir sa réputation. Presque tout ce que M. Framery s'avise de dire sur M. Gluck, sur M. Sacchini et sur M. Milico est faux. L'*Alceste* italienne de M. Gluck n'a jamais été représentée ni à Bologne, ni en aucune ville de l'Italie, à cause de la difficulté de l'exécution, si M. Gluck n'est pas présent pour guider son ouvrage.

---

[1] Dans un pamphlet de l'abbé Arnaud : *La Soirée perdue à l'Opéra*, il reprochait au compositeur Sacchini d'avoir utilisé à son profit, dans son *Olympia,* des passages de l'*Alceste* de Gluck. Mais là-dessus un ami de Sacchini, le poëte Framery, très-partisan de la musique italienne, reprocha bien plus vivement à Gluck d'avoir volé Sacchini, désignant les différents emprunts. A ce propos, Gluck répondit d'une façon d'autant plus sévère que Sacchini était maître de chant de la Reine, et aussi, dans une certaine mesure, son rival. La lettre de Gluck parut dans le *Journal de Paris*.

Il ne l'a donnée qu'à Vienne en Autriche, en 1768. A la reprise de cet opéra, le sieur Milico chanta le rôle d'Admète. Il est vrai que M. Sacchini a inséré le passage contesté dans son air *Se cerca, se dice*, etc.; cette phrase musicale se trouve dans l'*Alceste* italienne de M. Gluck : *Ah! per questo già stanco mio cuore*, imprimée à Vienne en 1769; nous dirons de plus qu'il y a un autre passage sur la fin du même air, pris de *Paride ed Helena*, de l'air *Di scordami*, imprimé aussi à Vienne.

M. Framery ne sait pas qu'un compositeur italien est très-souvent forcé de s'accommoder au caprice et à la voix du chanteur. Et c'est le sieur Milico qui a obligé M. Sacchini à insérer les susdites phrases dans son air; c'est ce que M. Gluck lui-même a reproché à son ami Milico : car alors M. Gluck n'avait pas encore donné son *Alceste* à Paris, mais il avait l'idée de l'y donner. M. Sacchini, génie comme il est, et plein de belles idées, n'a pas besoin de piller les autres; mais il a été assez complaisant envers le chanteur pour emprunter ses passages où le chanteur croyait qu'il brillerait le plus. La réputation de M. Sacchini est établie depuis longtemps : elle n'a nullement besoin d'être sauvée; mais peut-être qu'on la diminue en parodiant ses airs, faits pour la langue italienne sur des paroles françaises, vu la différence

entre les deux mélodies et les deux prosodies.
M. Framery, comme homme de lettres, pourrait
bien faire quelque chose de mieux que de confondre ainsi le caractère national des Français et des
Italiens, et de mettre en usage une musique her-
maphrodite en parodiant des airs qui, quoique
soufferts dans l'opéra-comique, ne sont pas convenables pour les grands opéras.

X

A M. DE LA HARPE.

Il m'est impossible, Monsieur, de ne pas me rendre aux très-judicieuses observations que vous venez de faire sur mes opéras dans votre *Journal de littérature* du 5 de ce mois; je ne trouve rien, absolument rien à y répliquer [1].

[1] « Le mardi 23 (septembre 1777), a paru pour la première fois l'*Armide* de M. Gluck. Au moment où l'on écrit, on ne peut rendre compte que de l'effet de cette représentation. Il a été très-médiocre. On a applaudi le premier acte et une partie du cinquième; les trois autres ont été très-froidement reçus. Voilà l'impression générale.

» Il y a des cris de douleur qui sont un des grands moyens de M. Gluck et qui, bien placés et bien ménagés, donnent au récitatif une expression qu'il n'avait pas avant lui. Mais quand ces cris reviennent trop souvent, quand on les entend à tout moment, comme dans *Iphigénie* et dans *Alceste*, lorsque dans les airs mêmes ils prennent la place de ces phrases de chant à la fois pathétiques et mélodieuses qui vont à l'âme sans effrayer l'oreille, et telles qu'on les admire dans les beaux airs des Italiens et de leurs élèves, alors on est assourdi plutôt qu'ému : ce rude ébranlement des organes nuit à l'émotion de l'âme ; on s'aperçoit que l'auteur a mis trop souvent toute son expression dans ce bruit et tous ses moyens dans les cris. Cette affectation de contrefaire la nature est fort différente d'un art fondé sur une imitation embellie qui doit plaire en res-

J'avais eu la simplicité de croire jusqu'à présent qu'il en était de la musique comme des autres arts, que toutes les passions étaient de son ressort, et qu'elle ne devait pas moins plaire en exprimant l'emportement d'un furieux et le cri de la douleur, qu'en peignant les soupirs de l'amour.

> Il n'est point de serpent ni de monstre odieux
> Qui par l'art imité ne puisse plaire aux yeux.

Je croyais ce précepte vrai en musique comme en poésie. Je m'étais persuadé que le chant, rempli partout de la teinte des sentiments qu'il avait à exprimer, devait se modifier comme eux, et prendre autant d'accents différents qu'ils avaient

semblant. Je ne viens point entendre le cri d'un homme qui souffre. J'attends de l'art du musicien qu'il trouve des accents douloureux sans être désagréables; je veux qu'il flatte mon oreille en pénétrant mon cœur, et que le charme de la mélodie se mêle à l'impression que je ressens; je veux remporter dans ma mémoire une plainte harmonieuse qui retentisse encore longtemps à mon oreille, et laisse le désir de l'entendre encore, et de le répéter moi-même. Mais si je n'ai entendu que des clameurs de désespoir, des gémissements convulsifs, je puis trouver tout cela fort vrai, mais si vrai que je n'y reviendrai pas.

» Le rôle d'Armide est presque d'un bout à l'autre une criaillerie monotone et fatigante. Le musicien en a fait une Médée, et a oublié qu'Armide est une enchanteresse, et non pas une sorcière. »

de différentes nuances ; enfin, que la voix, les instruments, tous les sons, le silence même, devaient tendre à un seul but, qui était l'expression, et que l'union devait être si étroite entre les paroles et le chant, que le poëme ne semblât pas moins fait sur la musique que la musique sur le poëme.

Ce n'étaient pas là mes seules erreurs ; j'avais cru observer que la langue française était peu accentuée, et n'avait pas de quantité déterminée comme la langue italienne ; j'avais été frappé d'une autre différence entre les chanteurs des deux nations : si je trouvais aux uns la voix plus molle et plus flexible, les autres me semblaient mettre plus de force et plus d'action dans leur jeu : j'avais conclu de là que le chant italien ne pouvait convenir aux Français. En parcourant ensuite les partitions de nos anciens opéras, malgré les trilles, les cadences et les autres défauts dont leurs airs m'avaient paru chargés, j'y avais trouvé assez de beautés réelles pour croire que les Français avaient en eux-mêmes leurs propres ressources.

Voilà, Monsieur, quelles étaient mes idées lorsque j'ai lu vos observations. Aussitôt la lumière a dissipé les ténèbres ; j'ai été confondu en voyant que vous en aviez plus appris sur mon art en quelques heures de réflexion, que moi après l'avoir pratiqué pendant quarante ans. Vous me prouvez,

Monsieur, qu'il suffit d'être homme de lettres pour
parler de tout. Me voilà bien convaincu que la
musique des maîtres italiens est la musique par
excellence; que le chant, pour plaire, doit être
régulier et périodique, et que même dans ces moments de désordre où le personnage chantant, animé de différentes passions, passe successivement
de l'une à l'autre, le compositeur doit toujours conserver le même motif de chant.

Je conviens avec vous que de toutes mes compositions *Orphée* est la seule qui soit supportable; je
demande bien sincèrement pardon au dieu du
goût d'avoir assourdi mes auditeurs par mes
autres opéras; le nombre de leurs représentations
et les applaudissements que le public a bien voulu
leur donner ne m'empêchent pas de voir qu'ils
sont pitoyables; j'en suis si convaincu, que je veux
les refaire de nouveau; et comme je vois que vous
êtes pour la musique tendre, je veux mettre dans
la bouche d'Achille furieux un chant si touchant
et si doux que tous les spectateurs en seront atten-
dris jusqu'aux larmes.

A l'égard d'*Armide*, je me garderai bien de
laisser le poëme tel qu'il est, car, comme vous
l'observez judicieusement, les opéras de Quinault,
quoique pleins de beautés, sont coupés d'une manière très-peu favorable à la musique; ce sont de

fort beaux poëmes, mais de très-mauvais opéras :
dussent-ils donc devenir de très-mauvais poëmes,
comme il n'est question que d'en faire de très-
beaux opéras à votre manière, je vous supplierai
de me procurer la connaissance de quelque versi-
ficateur qui remette *Armide* sur le métier, et qui
ménage deux airs dans chaque scène. Nous limi-
terons ensemble la quantité et la mesure des vers ;
pourvu que le nombre des syllabes soit complet,
je ne m'embarrasserai pas du reste. Je travaille
de mon côté la musique, de laquelle, comme de
raison, je bannirai scrupuleusement tous les instruments bruyants, tels que la timbale et la trompette ; je veux qu'on n'entende dans mon orchestre
que les hautbois, les flûtes, les cors de chasse et
les violons, avec des sourdines, bien entendu ; il
ne sera plus question que d'arranger les paroles
sur les airs, ce qui ne sera pas difficile, puisque
d'avance nous avons pris nos dimensions.

Alors le rôle d'Armide ne sera plus une criaillerie « monotone et fatigante », ce ne sera plus « une
Médée, une sorcière », mais « une enchanteresse » ; je veux que dans son désespoir elle vous
chante un air si « régulier », si « périodique », et
en même temps si tendre, que la petite maîtresse
la plus vaporeuse puisse l'entendre sans le moindre
agacement de nerfs.

Si quelque mauvais esprit s'avisait de me dire :
Monsieur, prenez donc garde qu'Armide furieuse
ne doit pas s'exprimer comme Armide enivrée d'a-
mour ; —Monsieur, lui répondrais-je, je ne veux
point effrayer l'oreille de M. de la Harpe, je ne
veux point « contrefaire la nature », je veux
« l'embellir » ; au lieu de faire « crier Armide »,
je veux qu'elle vous « enchante ». S'il insistait et
s'il m'observait que Sophocle, dans la plus belle
de ses tragédies, osait bien présenter aux Athé-
niens OEdipe les yeux ensanglantés, et que le récitatif, ou l'espèce de déclamation notée par laquelle étaient exprimées les plaintes éloquentes de
cet infortuné roi, devait sans doute faire entendre
l'accent de la douleur la plus vive, je lui répon-
drais encore que M. de la Harpe ne peut pas entendre « le cri d'un homme qui souffre ».

N'ai-je pas bien saisi, Monsieur, l'esprit de la
doctrine répandue dans vos observations ? J'ai pro-
curé à plusieurs de mes amis le plaisir de les lire :
« Il faut être reconnaissant, m'a dit l'un d'eux en me
les remettant ; M. de la Harpe vous donne d'excellents avis, il fait sa profession de foi en musique ;
rendez-lui le chant, procurez-vous ses ouvrages
poétiques et littéraires, et, par amitié pour lui,
relevez-y tout ce qui ne vous plaira pas. Bien des
gens prétendent que la censure dans les arts ne

produit d'autre effet que de blesser l'artiste sur
qui elle tombe; et pour le prouver, ils disent que
jamais les poëtes n'ont eu plus de censeurs et
n'ont été plus médiocres que de nos jours; mais
consultez là-dessus les journalistes et demandez-
leur si rien n'est plus utile à l'État que les journaux. On pourra vous objecter qu'il ne sied pas à
vous, musicien, de décider en poésie; mais cela
sera-t-il plus étonnant que de voir un poëte, un
homme de lettres, juger despotiquement en musique? »

Voilà ce que me dit mon ami; ses raisons m'ont
paru très-solides; mais, malgré ma reconnaissance
pour vous, je sens, Monsieur, que, toute réflexion
faite, il m'est impossible de m'y rendre sans encou-
rir le sort de ce dissertateur qui faisait en présence
d'Annibal un long discours sur l'art de la guerre.

GLUCK.

La leçon était bonne, comme l'on voit, et le
persiflage de cet Autrichien aussi vif que mordant.
La Harpe lui répondit par les couplets suivants,
mais c'était sortir de la polémique, de la critique,
et surtout de la raison :

> Je fais, monsieur, beaucoup de cas
> De cette science infinie
> Que, malgré votre modestie,
> Vous étalez avec fracas

Sur le genre de l'harmonie
Qui convient à nos opéras.
Mais tout cela n'empêche pas
Que votre *Armide* ne m'ennuie.

Armé d'une plume hardie,
Quand vous traitez du haut en bas
Le vengeur de la mélodie,
Vous avez l'air d'un fier-à-bras;
Et je trouve que vos débats
Passent, ma foi, la raillerie :
Mais tout cela n'empêche pas
Que votre *Armide* ne m'ennuie.

Le fameux Gluck, qui dans vos bras
Humblement se jette et vous prie,
Avec des tours si délicats,
De faire valoir son génie,
Mérite sans doute le pas
Sur les Amphion d'*Ausonie* :
Mais tout cela n'empêche pas
Que votre *Armide* ne m'ennuie.

Suard, admirateur passionné de Gluck, qui, sous
le nom de « l'Anonyme de Vaugirard », le vengeait
de toutes les attaques des piccinistes, décocha à
la Harpe et à Marmontel, ses détracteurs, la réponse rimée que voici :

J'ai toujours fait assez de cas
D'une savante symphonie,
D'où résultait une harmonie
Sans effort et sans embarras.

De ces instruments hauts et bas,
Quand chacun fait bien sa partie,
L'ensemble ne me déplaît pas;
Mais, ma foi! la Harpe m'ennuie.

Chacun a son goût ici-bas :
J'aime Gluck et son beau génie,
Et la céleste mélodie
Qu'on entend à ses opéras.
La période et son fatras,
Les cantilènes d'*Ausonie*,
Pour mon oreille ont peu d'appas;
Et surtout la Harpe m'ennuie.

Ce Marmontel si long, si lent, si lourd,
Qui ne parle pas mais qui beugle,
Juge la peinture en aveugle
Et la musique comme un sourd.
Ce pédant à si triste mine,
Et de ridicule bardé,
Dit qu'il a le secret des beaux vers de Racine :
Jamais secret ne fut si bien gardé.

Les aides arrivaient de toutes parts à Gluck, qui
ne comptait d'ennemis dans la littérature que
Marmontel, la Harpe, Ginguené, et jusqu'au froid
d'Alembert. Une lettre adressée à la Harpe dans
le style d'un chantre de village est assurément la
plus spirituelle et la plus ingénieuse dans sa forme
de toutes les épigrammes de cette petite guerre.
Voici le trait de cet anonyme trop modeste :

« Monsieur, j'avons l'honneur de vous faire une

lettre, pour me dépêcher de vous apprendre une chose qui vous intéressera beaucoup : c'est qu'il faut vous dire que je sommes serpent de ma paroisse, et que notre curé, qui s'amuse à lire les gazettes, n'a pas de plus grand plaisir que de les lire tout haut, à cette fin que je l'entendions et que nos enfants en profitiont itout. L'autre soir y lisait le journal de..... j'avons oublié son nom, car je ne l'avons entendu nommer que c'te fois-là. Tant y a que ça part de votre pleume. Y avait là dedans tout plein de belles choses, car je n'y comprenions goutte, et de pauvres gens comme nous ne sont pas faits pour entendre tous ces baragouinages-là : ça parlait contre M. Guelouque, et ça disait comme ça que gn'ia pas de chant dans ses airs, que la mélodie est la même chose que l'harmonie; que pour faire pleurer le monde il faut faire des accords, enfin tout plein d'autres choses que je trouvions bien dites, car tout ça venait pesle-mesle l'un sur l'autre, et moi je trouve ça mieux à cause que je dis à part moi : Eh ben, vrai, je n'aurions pourtant pas dit ça. Et puis j'étions content encore parce que j'étais fâché contre ce biau M. Guelouque, à cause que M. le curé, qui l'aime ben, comme je vous le disais, m'avait prêté un air de son plus nouveau opéra, et que ce diable d'air ne pouvait pas aller sur mon serpent. Pour en revenir donc

4

à ce que nous parlions, not' curé faisait des gri-
maces en lisant vot' grimoire, comme quand le
seigneur de chez nous n'met qu'un demi-as à
l'offrande. A la parfin il a pris plusieurs journal
de Paris, et il m'a lu ça. Il y avait tout plein
d'écritures qu'on vous écrivait pour se gausser
de vous; moi je disais à ça que c'était mal, qu' ça
ne faisait rien au monde si vous étiez ben savant
ou si vous ne saviez ce que vous disiez, et M. le
curé disait que c' que vous méritiez, tant il y a
qu'il m'a dit : « Regarde, Mathurin; toutefois et
quand un homme écrit comme ça de biaux mots,
c'est pour attraper les imbéciles comme toi; tous
ces dictons-là ressemblent, sans comparaison, aux
cloches de not' village; quand elles font bien du
tapage, ça vous étourdit, on ne sait plus quel air
que ça joue. Un nigaud pense tout de suite que
celui qui a écrit de si grands mots est ben savant;
point du tout; je gage que cet homme-là n' sait
pas tant seulement combien il y a de clefs dans la
musique. » Moi je n'avons pas voulu gager avec
lui, parce que c'est manquer de respect à son curé,
et qu'il me l'aurait bien revalu à Pâques, et pis
que je voyais ben qu'il avait raison, car il me
disait que j'avais tort, et il le sait plus que moi.
Or donc, j'ai fait le fin, et je l'y ai demandé comment qu'il pourrait demander ça. Il m'a dit qu'il

vous écrirait deux mots par le journal. Moi qui ne
perds pas la tramontade, je vous écris bien vite
chez vous, à cause que je n'aimons pas M. Guelouque; j'avons l'honneur de vous apprendre qu'y
a trois clefs dans la musique : la clef *c sol ut,*
la clef de *f ut fa,* et la clef de *g ré sol*, à cause
de c' que vous n' savez peut-être pas ça, quoique
vous parliez de *récitatif,* de *chant mesuré* et de
mélodie et d'*harmonie* autant qu'un autre. Or ça
je vous parlons là à cœur ouvert, en cachette de
M. le curé. Il va être ben attrapé! ça me réjouit
l'âme quand j'y pense. Dame, c'est pour le coup
que vous ferez le fier; vous lui ferez voir que
vous n'êtes pas un Glaude, et que vous savez aussi
bien que lui que gn' ia que trois clefs dans la
musique. Tatigué! que je me veux du bien de vous
avoir appris ça. Mais je m'flattons qu'en revanche
vous me direz *au clair* à quoi qu'on connaît la
mélodie dans l'harmonie, ou bien si c'est tout un.
J'attendons de vous cette marque de souvenance,
avec lequel j'ai l'honneur d'être de tout mon
cœur, etc.

» Mathurin GUILLOT. »

« *P.-S.* Si par après not' curé vous fait encore des
questions biscornues, adressez-vous à moi. Si je
n'y étais pas, mes petits enfants de chœur vous ap-

prendront tout aussi bien que moi la gamme et la
note et tout ce que vous ne savez pas. »

———

Plus tard, dans son *Cours de littérature,* la
Harpe, malgré quelques réserves, rendit toute justice à Gluck. Il est le premier à blâmer les excès de
langage dans lesquels la polémique s'était laissé entraîner. « Pour moi, disait un gluckiste forcené, je ne
salue pas un homme qui n'aime pas Gluck. » Un autre,
citant fort à propos une phrase de Cicéron, « ne
concevait pas comment on avait figure humaine »
quand on ne regardait pas la musique de Gluck
comme la plus belle possible. La Harpe se montre
fort éclectique dans le chapitre qu'il consacre à la
musique dramatique. « Gluck, dit-il, avait compris, *en homme de génie,* que si la musique manquait trop souvent d'expression dans l'opéra français, celle qu'elle avait dans l'opéra italien était
tout entière dans quelques airs, et indépendante
de l'ensemble du drame. » C'est aussi là le jugement de la postérité.

XI

A MONSIEUR J. B. SUARD.

Monsieur ,

Lorsque j'ai considéré la musique, non pas seulement comme l'art d'amuser l'oreille , mais comme un des plus grands moyens d'émouvoir le cœur et d'exciter les affections, et qu'en conséquence j'ai pris une nouvelle méthode, je me suis occupé de la scène, j'ai cherché la grande et forte expression, et j'ai voulu, surtout, que toutes les parties de mes ouvrages fussent liées entre elles. J'ai vu contre moi d'abord les chanteurs, les cantatrices et un grand nombre de professeurs; mais tous les gens d'esprit et de lettres d'Allemagne et d'Italie, sans exception, m'en ont bien dédommagé par les éloges et les marques d'estime qu'ils m'ont données. Il n'en est pas la même chose en France; s'il y a des gens de lettres, dont à la vérité le suffrage devrait bien me consoler de la perte des autres, il y en a beaucoup aussi qui se sont déclarés contre moi.

Il y a apparence que ces messieurs sont plus heureux lorsqu'ils écrivent sur d'autres matières; car si je dois juger par l'accueil que le public a eu

4.

la bonté de faire à mes ouvrages, ce public ne
tient pas grand compte de leurs phrases et de leur
opinion. Mais que pensez-vous, Monsieur, de la
nouvelle sortie qu'un d'eux, M. de la Harpe, vient
de faire contre moi? C'est un plaisant docteur que
ce M. de la Harpe; il parle de la musique d'une
manière à faire hausser les épaules à tous les enfants de chœur de l'Europe, et il dit : *je veux ;* et
il dit : *ma doctrine.*

Et pueri nasum rhinocerontis habent.

Est-ce que vous ne lui dites pas un petit mot,
Monsieur, vous qui m'avez défendu contre lui avec
un avantage si grand? Ah! je vous prie, si ma musique vous fait quelque peu de plaisir, mettez-moi
en état de prouver à mes amis connaisseurs, en
Allemagne et en Italie, que parmi les gens de
lettres, en France, il y en a qui, en parlant des
arts, savent du moins ce qu'ils disent.

J'ai l'honneur d'être avec une grande estime et
reconnaissance, Monsieur, votre très-humble et
très-obéissant serviteur,

Le chevalier GLUCK.

Dans son *Cours de Littérature*, la Harpe rappelle une des phrases de cette lettre et explique
parfaitement pourquoi la critique n'est point tenue

de pratiquer les arts dont elle parle et qu'elle a,
depuis lui, si grandement contribué à élever et à
développer. N'est-ce pas, en effet, la critique qui
soutient aujourd'hui l'honneur de la littérature française, très-affaiblie et parfois même avilie dans ses
œuvres premières? « On appela au secours, dit la
Harpe, tous *les enfants de chœur de l'Europe,*
qui, en effet, savaient le contre-point mieux que
moi; on les fit rire d'un *homme de lettres*, qui,
sans savoir la musique, ne trouvait pas celle de
Gluck admirable en tout. » Le tort de ce critique
un peu pédant du dix-huitième siècle était d'apporter, lui aussi, dans la discussion un ton mépri-
sant et plein de fatuité dont les corrections qu'il
recevait auraient cependant dû le corriger.

A la vive opposition de Marmontel et de la
Harpe, dans leurs articles au jour le jour, succé-
daient de très-justes appréciations sur les causes
de la guerre.

« M. Gluck, écrivait l'un de ses admirateurs,
— vraisemblablement Suard, — dans le *Journal
de Politique et de Littérature,* n'a que ce qu'il
mérite; on ne vient pas impunément réformer le
goût et les spectacles d'une nation vaine et polie.

» Il a été bercé avec la musique italienne et en
a appris les secrets dans les meilleures écoles. Il a

passé vingt-cinq ans à composer des opéras pour les théâtres d'Italie, et il y a excité autant de vivat et de bravos que les plus célèbres maîtres de chapelle. Mais ses ouvrages comme les leurs étaient oubliés au bout de quinze jours, et ne laissaient pas même le désir de les revoir.

» Il a senti que ce serait un art bien frivole que celui qui ne serait destiné qu'à faire des impressions si passagères et si peu profondes; mais il a senti aussi que ce n'était pas la faute de la musique.

» Il s'est mis à étudier notre langue, notre poésie et notre théâtre. Il a vu dans l'opéra français un plan de spectacle magnifique, auquel il ne manquait que de la musique. Il a trouvé dans les richesses de la musique italienne des couleurs propres à peindre toutes les affections de l'âme, tous les effets de la nature, lorsqu'au lieu de s'amuser à enluminer de jolies découpures, on saura en composer de grands tableaux. Il a trouvé un poëte digne de l'entendre et de le seconder, et ils ont donné l'*Orphée* et l'*Alceste*. En Italie, en Allemagne, en Angleterre, le succès de ce genre nouveau a été prodigieux; mais il manquait au chevalier Gluck d'en faire l'essai en France. Sans autre mission que son zèle pour les progrès de l'art et son goût pour notre langue, il est venu à Paris et a donné son *Iphigénie*, l'une des conceptions des

arts la plus admirable et la plus étonnante pour
quiconque est digne d'en saisir l'ensemble et d'en
sentir les détails.

» Ce n'était rien que d'avoir créé une musique
dramatique. Il fallait des acteurs, des exécutants.
Il trouve un orchestre qui ne voyait guère que des
ut et des *ré*, des *noires* et des *croches*; des assor-
timents de mannequins qu'on appelait des chœurs;
des acteurs dont les uns étaient aussi inanimés
que la musique qu'ils chantaient, et les autres s'ef-
forçaient de réchauffer, à force de bras et de poumons, une triste et lourde psalmodie ou de froides
chansons. Prométhée secoua son flambeau, et
les statues s'animèrent. Les instruments de l'orchestre devinrent des voix sensibles qui rendaient
des sons touchants ou terribles, qui poussaient tantôt des cris, tantôt des gémissements, qui s'unis-
saient toujours à l'action pour en fortifier ou en
multiplier les effets. Les acteurs apprirent qu'une
musique tout à la fois parlante et expressive n'avait
besoin que d'être bien sentie pour entraîner une
action forte et vraie. Les figurants des chœurs,
mis en mouvement par l'âme qui animait toute la
machine, furent étonnés de se trouver des acteurs,
et les danseurs furent encore plus étonnés de
n'être presque plus rien sur un théâtre où ils
étaient accoutumés à être presque tout.

« L'effet de ce spectacle nouveau fut extraordinaire. On mit pour la première fois une tragédie en musique, exécutée d'un bout à l'autre avec une attention continue et un intérêt toujours croissant, faisant verser des larmes jusque dans les coulisses, et excitant dans toute la salle des cris d'admiration. Les représentations, multipliées avec un excès qui semblait provoquer la satiété, ne firent qu'augmenter la foule, l'émotion et l'enthousiasme. Un tel succès était trop éclatant pour ne pas faire des ennemis à l'auteur; car la médiocrité seule en est exempte. Les préjugés, les prétentions, la routine, le mauvais goût et les petits intérêts contrariés réunirent contre M. Gluck les épigrammes et les hypothèses, les intrigues et les calembours. Les uns ne voyaient dans ses opéras que la vieille musique française renforcée, les autres que la musique italienne bâtarde; les autres trouvaient son chant plat et commun, les autres welche et baroque. On lui reprocha surtout de manquer d'*unité* et de *motifs*, quoiqu'il se reprochât lui-même d'avoir perdu trente ans de sa vie à filer et à parfiler des *motifs* à l'italienne, et que, considérant un opéra comme un seul tout en musique, il sacrifiât beaucoup de beautés secrètes à cette grande et précieuse *unité*. On alla même jusqu'à l'accuser d'être Allemand; il lui fut impossible de se corriger de ce vice-là.

Mais tandis que les fins connaisseurs le déchiraient dans les soupers, la plus grande partie des musiciens étrangers et nationaux et des amateurs les plus distingués lui élevaient une statue. »

Ce ne fut pas seulement en France que Gluck commença par être méconnu. Il fut très-vivement attaqué dans les journaux, où, par esprit de jalousie nationale, on déclarait que ses compositions « n'étaient bonnes que pour des Français ». Son adversaire le plus important fut Forkel, qui, tout savant qu'il était, n'avait pas aperçu la révolution introduite par Gluck dans l'opéra. Les pédants de tous les pays devaient s'entendre pour s'opposer à la gloire du musicien viennois dont ils ne pouvaient goûter ni l'imagination ni la poésie. Un jour, l'abbé Arnaud répondit à l'un d'eux qui lui disait qu'*Alceste* était tombée : « Oui, oui, tombée du ciel ! »

Mozart, alors âgé de vingt ans, assistait à la première représentation de cet opéra, et la froideur avec laquelle le public accueillit cette belle partition, réhabilitée aujourd'hui, fut sans doute la cause qui empêcha l'auteur de *Don Juan* de revenir à Paris et d'écrire pour l'Opéra français. « Les âmes de bronze ! s'écria-t-il en se jetant au cou de

Gluck, que leur faut-il donc pour les émouvoir? »
— « Sois tranquille, petit, répondit Gluck, dans
trente ans ils me rendront justice. »

Le grand défenseur de Gluck en Allemagne fut,
à cette époque, Wieland : « Grâce au génie puis-
sant du chevalier Gluck, écrivait l'ami de Gœthe,
nous voilà donc parvenus à l'époque où la musique
a recouvré tous ses droits : c'est lui, et lui seul,
qui l'a rétablie sur le trône de la nature, d'où la
barbarie l'avait fait descendre, et d'où l'ignorance,
le caprice et le mauvais goût la retenaient jusqu'à
présent éloignée. Frappé d'une des plus belles
maximes de Pythagore, *il a préféré les Muses aux
sirènes*, il a substitué à de vains et faux ornements
cette noble et précieuse simplicité qui, dans les
arts comme dans les lettres, fut toujours le caractère du vrai, du grand et du beau. Eh! quels nouveaux prodiges n'enfanterait pas cette âme de feu,
si quelque souverain de nos jours voulait faire
pour l'Opéra ce que fit autrefois Périclès pour le
théâtre d'Athènes ! »

Le vœu exprimé par le littérateur allemand se
trouva exaucé chez nous. La reine Marie-Antoinette fut le bon génie qui appela Gluck parmi nous,
à la plus grande gloire de notre première scène
lyrique.

XII

RÉPONSE A UNE SOCIÉTÉ DE DILET-TANTI PARISIENS [1].

M. Gluck est très-sensible à l'honnêteté de MM. les amateurs et de M. Cambini; il a l'honneur d'assurer ces messieurs qu'il aura grand plaisir d'entendre exécuter la scène d'*Armide* de M. Cambini. Cela serait une tyrannie en musique que de vouloir prétendre que les auteurs ne puissent pas faire exécuter leurs productions. M. Gluck n'entre en aucune concurrence avec personne, et il aura toujours plaisir d'entendre de la musique meilleure que la sienne. Il faut avoir seulement pour but la progression de l'art.

[1] Une société d'amateurs de musique avait fait part à Gluck que dans leur répertoire se trouvait une scène d'*Armide* qu'avait composée un compositeur connu, Cambini, deux ans avant l'apparition de l'*Armide* de Gluck, comme l'attestaient des lettres de Mozart. Cambini, très-modeste, et reconnaissant l'excellente facture de cette scène dans l'opéra de Gluck, avait prié la société de ne plus exécuter la sienne. Les amateurs étaient cependant d'avis que les deux scènes devaient être exécutées chacune à leur place, l'une au théâtre, l'autre dans un concert; et ils espéraient que Gluck voudrait bien leur donner une réponse telle que M. Cambini pût jouir encore dans leurs réunions du succès de ses airs. C'est ce qui motiva la lettre suivante de Gluck.

XIII

A MARIE-ANTOINETTE.

MADAME,

En daignant agréer l'hommage que j'ose vous offrir[1], Votre Majesté comble tous mes vœux. Il importait à mon bonheur de publier que les opéras que j'ai faits pour contribuer aux plaisirs d'une nation dont Votre Majesté fait l'ornement et les délices, ont mérité l'attention et obtenu les suffrages d'une Princesse sensible, éclairée, qui aime, qui protége tous les arts; qui, en applaudissant à tous les genres, n'a garde de les confondre, et qui sait accorder à chacun d'eux le degré d'estime qu'ils méritent.

Je suis, avec le plus profond respect,
de Votre Majesté
Le très-humble et très-obéissant serviteur,

Le chevalier GLUCK.

---

[1] *Iphigénie en Tauride*, tragédie en quatre actes, par M. Guillard, mise en musique et dédiée à la Reine par le chevalier Gluck. Représentée pour la première fois à l'Académie royale de musique le mardi 18 mai 1779.

XIV

A HÉRIBERT DE DALBERG.

Monsieur,

J'ai eu l'honneur de recevoir votre honorée
lettre du 14 du mois dernier. J'avais déjà lu avec
beaucoup de plaisir celle du comte de Seau ainsi
que le poëme *Cora* qui l'accompagnait, et j'y trouvai une valeur nouvelle en apprenant que vous en
étiez l'auteur.

J'eusse beaucoup désiré accepter votre invitation de me rendre à Manheim, mais j'ai été retenu
ici par de nombreuses affaires, de sorte que je devrai, lorsqu'elles seront terminées, retourner à
Vienne par le chemin le plus court. En ce qui
concerne la mise en musique du susdit poëme, il
faut d'abord se renseigner complétement sur les
intentions du comte de Seau, au sujet de cette
pièce, sur le talent des chanteurs désignés et sur
leur genre de voix. Lors de mon voyage à Munich
je causerai de ces matières avec le comte, et après
les renseignements préliminaires il sera facile de
déterminer par lettres les changements et addi-
tions que vous jugerez nécessaires dans le cours de

l'ouvrage. Je regrette seulement que les circonstances actuelles me privent de l'avantage de faire
personnellement votre connaissance; il me serait
cependant fort agréable que la réalisation de vos
projets amenât entre nous une liaison plus étroite
et me fournît de plus fréquentes occasions de vous
assurer de l'estime que je dois à votre mérite ainsi
que du profond respect avec lequel j'ai l'honneur
d'être

Votre obéissant et dévoué serviteur,

Le chevalier GLUCK.

Paris, le 8 juin 1779.

XV

A M. GERSIN [1].

Vienne, 30 novembre 1779.

MONSIEUR,

Je suis très-sensible à l'honneur que vous me faites de m'envoyer un plan de tragédie que je dois mettre en musique ; je le trouve très-propre pour produire de grands effets ; mais, sans doute, vous ignorez que désormais je ne ferai plus aucun opéra, et que j'ai fini ma carrière ; mon âge et le dégoût que j'essuyai dernièrement à Paris, par rapport à mon opéra de *Narcisse*, m'ont pour jamais dégoûté d'en faire encore des autres ; ce serait pourtant dommage si vous ne finissiez pas votre ouvrage, car vous trouverez certainement des musiciens à Paris, d'un grand mérite, qui seront capables de vous satisfaire sur tout ce que vous désirez.

J'ai l'honneur d'être, avec beaucoup d'estime, Monsieur,

Votre très-humble et très-obéissant serviteur,

GLUCK.

[1] Cette lettre est écrite en français.

XVI

A HÉRIBERT DE DALBERG.

MONSIEUR LE COMTE,

J'ai reçu la lettre que vous m'avez fait l'honneur de m'écrire. J'ai lu avec plaisir l'opéra que vous avez bien voulu me communiquer, mais comme je ne connais point les sujets qui pourraient l'exécuter, je ne saurais me charger d'en composer la musique. Dès que l'opéra que je fais arranger ici et dont j'ai eu l'honneur de vous parler sera fini, je me ferai le plaisir de vous le communiquer, et nous parlerons du reste.

J'ai l'honneur d'être, avec la considération la plus distinguée,

Monsieur le Comte,

Votre très-humble et très-obéissant serviteur,

Christophe GLÜCK.

XVII

TESTAMENT DE GLUCK.

Rien n'étant plus certain que la mort, bien que l'heure en soit incertaine, j'ai tout préparé en vue de ma fin, dans la plénitude de ma raison, et arrêté mes dernières dispositions comme il suit :

1. Je recommande mon âme à la miséricorde infinie de Dieu, et mon corps devra être confié à la terre selon le rite catholique.

2. Je laisse pour faire dire cinquante messes vingt-cinq florins.

3. Je lègue à l'Établissement des pauvres un florin; à l'Hôpital général un florin; à l'Hôpital de la ville un florin; à l'École normale un florin; en tout quatre florins.

4. Je lègue à chacun des domestiques qui au moment de ma mort seront encore à mon service les gages d'une année.

5. Je laisse entièrement à la volonté de ma légataire universelle de donner, ou non, quelque chose à mes frères et sœurs; et

6. Comme la base de tout testament est l'institution d'un légataire universel, je nomme, ici,

comme ma seule légataire universelle, ma chère compagne dans le mariage, M. Anna de Gluck, née Vergin. Et afin qu'à l'égard de l'argenterie et des bijoux on ne doute pas qu'ils sont ma propriété ou celle de ma femme, je déclare ici que tout ce qui se trouvera en argenterie et bijoux est exclusivement la propriété de ma femme et n'appartient pas à la succession. Si, d'ailleurs, cette dernière volonté ne devait pas avoir de valeur comme testament, je veux qu'elle vaille comme codicille ou comme il est d'usage. Enfin je nomme mon honorable cousin, Joseph de Holbein, conseiller à la Cour, comme exécuteur de mon testament, et je lui laisse comme souvenir une *tabatière* (*sic*).

Le tout certifié et confirmé par moi ainsi que par la signature et le cachet de chacun des témoins appelés à cet effet.

Fait à Vienne, le 2 avril 1786.

Christophe de GLUCK.

Gluck mourut à Vienne un an plus tard, au mois de novembre 1787, comblé de gloire et de richesses. Il était né en 1714 dans le haut Palatinat, sur la frontière de Bohême, sur la seigneurie du prince Lobkowitz, dont son père, Alexandre Gluck, était l'un des serviteurs. Il fit ses études dans un collége de jésuites, où il avait reçu des leçons de chant, de violon, de clavecin et d'orgue. Plus tard le violoncelle devint son instrument favori.

En 1737, il fut rencontré chez le prince Lobkowitz par un Italien, le prince Melzi, qui, ravi de son talent, l'emmena à Milan. Là, il le confia aux soins de Sammartini, compositeur et organiste célèbre, qui le perfectionna dans l'harmonie et le contre-point. Quatre ans plus tard, il écrivait pour le théâtre italien. Ses premiers essais l'avaient mis au premier rang et fait rechercher dans toute l'Europe. C'est sur la France que sont tombés les derniers rayons d'une gloire qui ne périra pas.

LE BARON CHARLES-MARIE DE WEBER.

LETTRES

DE

CHARLES-MARIE DE WEBER

La vie du baron Charles-Marie de Weber va nous apparaître tout entière dans ses lettres, depuis les premières années de sa vie d'artiste, qu'il traverse la chanson aux lèvres, — malgré les épines du chemin, — jusqu'à la veille de sa mort, c'est-à-dire jusqu'à la représentation d'*Oberon*, à Londres.

Ces lettres vont nous faire connaître l'homme en même temps que l'artiste, et nous y retrouverons, à chaque page, les habitudes, les tendances et les luttes d'une époque dont la nôtre se rapproche beaucoup, considérée au point de vue littéraire et musical. Elles révèlent une chose d'un prix inestimable : le cœur aimant et triste de Weber. Toutefois, on aimerait à trouver plus de simplicité et de naïveté dans ses épanchements, moins de cette agitation fébrile, de cette soif ardente de gloire rapide qui caractérise ce temps-ci, et que Beethoven n'a point ressenties.

C'est à Dresde, la ville des arts par excellence, qu'il déposa le bâton de musicien errant pour y épouser l'une des plus grandes cantatrices de son temps, Caroline Brandt.

C'est là qu'il va mener une vie tissue de jours glorieux, soutenu dans les heures d'angoisse par une compagne tendre et dévouée, par cette Lyna qui lui donna un fils nommé Max, en souvenir du héros du *Freyschütz*. Le baron Max de Weber est aujourd'hui directeur général des chemins de fer royaux de Saxe, conseiller des finances, écrivain distingué et biographe de son illustre père.

C'est à Dresde que Weber va régénérer la musique dramatique allemande, et créer son chef-d'œuvre, où allait monter aux étoiles la fameuse madame Schrœder-Devrient.

C'est dans la belle église catholique construite par l'architecte italien Chiaveri, et au théâtre royal de Dresde, qu'il va former un orchestre et des chœurs depuis lors célèbres en Europe.

Tous ces souvenirs glorieux, dont j'ai joui à Dresde même pendant les premières années de ma jeunesse, alors qu'ils étaient encore vivants dans les cœurs, le lecteur les retrouvera sous la plume de Weber.

Nous joignons à cette publication un autographe de l'auteur, que nous tenons de la gracieuseté de son fils, qui nous écrivait l'an passé :

« J'ai l'honneur de vous envoyer une lettre autographe de mon père, adressée à ma mère, dans laquelle se trouvent très-bien caractérisés les sentiments doux et aimables de l'auteur du *Freyschütz*.

» Veuillez accepter cet autographe pour votre collection, comme une marque de mes sentiments distingués, et en remercîment de vos biographies des trois grandes cantatrices.....

» Agréez, très-honoré Monsieur, l'expression de considérations distinguées. »

« M. M. de Weber. »

I

A ARTARIA, A VIENNE[1].

Freyberg, Saxe, 9 décembre 1800.

J'espère ne pas faire une offre désagréable à votre célèbre maison, si, eu égard à la rapidité éprouvée et à la modicité du prix, je vous présente pour la vente et comme propriété pour vous seul, d'après la convention et les stipulations ci-après, un système tout à fait inconnu pour l'impression des notes musicales, dont je suis l'inventeur et l'auteur.

1° Je sais graver sur pierre des notes qui ne le cèdent en rien à la plus belle gravure anglaise sur cuivre. L'épreuve ci-jointe le montrera.

2° En hiver, un ouvrier est en état de préparer de deux à trois planches, et en été de trois à quatre.

3° Une telle planche peut servir plus de trente fois, c'est-à-dire autant de fois qu'elle peut être nettoyée et polie.

---

[1] Cette lettre se trouve en la possession de M. Artaria, à Vienne. Il est à noter qu'elle ne reçut pas même de réponse! Du reste, cette lettre confirme la remarque contenue dans la Biographie de Weber (Leipzig, 1864, t. I, p. 67), disant que la lettre de Weber adressée à Audré, du 15 nov. 1801, fut la première qu'il écrivit à un éditeur. — (*Note de M. Nohl.*)

4° Deux hommes peuvent dans une semaine imprimer autant de fois mille feuilles que l'imprimerie la plus ordinaire.

5° Le montage de toute la machine ne dépasse pas cent thalers (375 francs).

J'attends votre réponse sous couvert.

En outre, je suis prêt à vous livrer, en ce moment, les compositions suivantes, écrites en disciple de Michel Haydn :

Trois trios faciles pour violino, viola et violoncello, pour dilettanti;

Six variations pour clavecin ou piano;

Six   d°   d°   d°

Trois sonates pour piano;

Six variations sur le « lied » : *O cher Augustin.*

Je demande six exemplaires de chaque ouvrage ainsi que des honoraires convenables, dont je vous abandonne de fixer le chiffre selon toute équité.

En attendant une réponse détaillée sur le contenu de ma lettre, je suis votre dévoué serviteur.

Signé : Carl Maria von WEBER,
Compositeur.

A la célèbre maison de commerce
en articles de musique
de MM. Artaria et Cie
à Vienne.

II

A M. HANS GEORGES NÆGELI [1].

Mes relations ayant changé et me vouant tout entier à l'art, je saisis le premier moment de loisir qui s'offre à moi pour nouer la relation, préparée par M. Wangenheim, et en même temps pour vous remercier du jugement favorable que vous avez porté sur mes compositions. Cependant je ne puis m'abstenir de toucher à un point qui m'intéresse trop directement pour le passer sous silence. Vous semblez voir en moi, d'après mon quatuor et mon *Caprice*, un imitateur de Beethoven. Ce jugement, très-flatteur pour quelques-uns, ne m'est pas du tout agréable. Premièrement, je hais tout ce qui porte la marque de l'imitation, et deuxièmement, je diffère trop de Beethoven dans mes vues pour que je puisse jamais me rencontrer avec lui. Le don brillant et incroyable d'invention qui l'anime est accompagné d'une telle confusion dans les idées, que ses premières compositions seules me plaisent, tandis que les dernières ne sont pour moi qu'un chaos, qu'un effort incom-

---

[1] Éditeur de musique à Zurich.

préhensible pour trouver de nouveaux effets, au-
dessus desquels brillent quelques célestes étin-
celles de génie qui font voir combien il pouvait
être grand s'il eût voulu maîtriser sa trop riche
fantaisie. Ma nature ne me portant pas à goûter le
grand génie de Beethoven, je crois pouvoir défendre
ma musique par rapport à la logique et à l'art
oratoire, et produire avec un seul morceau une
impression déterminée. Car, pour moi, le but qu'on
doit poursuivre dans toute œuvre d'art, c'est de
mettre d'accord les diverses pensées de l'ouvrage,
si bien que dans la plus grande variété apparaisse
toujours l'unité que le premier « principe » ou
thème a fait naître. Quelque chose de comique
a paru, à ce sujet, dans le *Journal du matin* du
27 décembre 1809. C'est un document qui vous
servira pour développer mon opinion.

Le hasard a voulu qu'en sus du quatuor que
j'ai eu l'honneur de vous adresser, le *Caprice* fût
également copié, et vous avez pu en conclure que
toutes mes compositions portaient l'empreinte du
bizarre. Lorsque j'aurai le plaisir de vous envoyer
de nouveaux travaux, j'espère que vous reconnaî-
trez ma tendance à la clarté, à l'ensemble et à
l'expression du sentiment.

Jugeant, d'après ce que vous me mandez, que
vous ne songez pas à publier mon quatuor, je l'ai

vendu à M. Simrock, et vous invite très-humblement à me le renvoyer le plus tôt possible à Darmstadt, chez M. Hoffmann, le conseiller de la Cour. M. de Wangenheim m'a dit que vous désiriez quelque chose de moi pour votre répertoire de piano, veuillez donc m'indiquer en quoi cela doit consister. En outre, désirant beaucoup publier quelque chose dans votre maison, et ayant en ce moment plusieurs compositions disponibles, je vous prie de m'écrire ce que vous pouvez le mieux utiliser.

Veuillez me faire prompte réponse, n'ayant pas l'intention de séjourner longtemps dans ces environs, et devant, au contraire, faire un grand voyage. J'espère que vous ne regretterez pas à l'avenir d'entrer avec moi dans des relations plus étroites, et je vous demande pardon de ma longue lettre. J'ai l'honneur d'être, Monsieur,

Votre tout dévoué serviteur,

Carl Marie de WEBER.

Manheim, ce 21 mai 1810.

Les lettres suivantes au Tyrolien Johann Gænsbacher, dont les originaux se trouvent à Vienne chez le fils de ce dernier, et qui figurent en partie dans la biographie de Weber, commencent au 13 mai 1810, époque à laquelle Weber écrit d'Amorbach à son « cher ami et collègue », à Darmstadt. C'est là qu'ils étaient alors tous deux, en même temps que Meyerbeer, élèves de l'abbé Vogler, que Weber nomme « notre cher maître », mais plus souvent « papa », et aussi « grand-papa. »

On trouvera de plus amples détails sur leurs rapports mutuels dans le cours de la correspondance. La seconde lettre, datée de Francfort, le 1er juillet 1810, se termine, après quelques ordres commerciaux et quelques plaisanteries, par ces mots : « Songez encore quelques années à votre « ami (*sic*) Weber », qui vous aime d'une manière barbare. » La lettre suivante, du 24 septembre de la même année, écrite après le départ de Gænsbacher, prouve la grande amitié de ces deux hommes, qui devaient rester unis toute leur vie.

(Note de M. Nohl.)

III

A GÆNSBACHER.

CHER ET UNIQUE AMI, FRÈRE EN HARMONIE !

Il y a déjà longtemps que je suis coupable
de ne pas vous donner de mes nouvelles, à vous
qui prenez mon sort tant à cœur. Mais d'un côté
j'en étais toujours distrait, et d'un autre je voulais
attendre la représentation de mon opéra *Silvana*.
Maintenant que la chose est passée, je me trouve
assis tranquillement près du grand-papa, dans le
Darmstadt en cuir, et vous consacre toute cette
après-midi pour vous écrire tout un journal, à
dater de notre séparation.

Je partis le 14 juillet et arrivai très-heureuse-
ment le 15 à Manheim, où l'on me recevait avec
l'affection que vous savez. Je me rendis tout de suite
chez Berger[1], pour savoir quand il voudrait m'accompagner à Bade, d'après notre convention. Ici,
j'appris avec une grande contrariété qu'à cause de
l'autre ténor Decker, il ne pourrait plus voyager désormais. Vous pouvez vous figurer combien cela me

---

[1] Berger, artiste dramatique.

fut désagréable, quand je désirais tant ce voyage!
Déjà si loin, je ne voulus pas revenir sur mes pas,
et je me décidai à partir seul.

Weber[1] et sa femme, ainsi que Dusch[2], désiraient
que je les attendisse encore quelques jours, me
promettant de voyager avec moi. Personne n'aimant
mieux attendre et temporiser que moi, je le fis, et
ce fut pour cela que je reçus votre lettre du 18 où
vous m'annonciez votre départ. Inutile de vous
exprimer plus longuement combien ma situation
attristait notre cercle, et je veux oublier ce pénible
souvenir.

Le 19, Weber et sa femme, Dusch et moi, nous
partîmes pour Carlsruhe, où nous arrivâmes le soir.
Ce voyage restera comme l'un des plus agréables
de mon existence. Nous pensâmes bien souvent à
vous.

Enfin, le 20 nous arrivâmes à Bade, où il y avait
tant de monde que nous eûmes beaucoup de peine
à trouver des logements. J'y trouvai des connaissances et de toutes les parties du monde, et j'espérais bien y faire de bonnes affaires. Le 22,
Weber et compagnie repartirent, et je restai seul
abandonné à mon destin. Je remis les lettres de
Vogler au prince héréditaire de Bavière, qui m'ac-

---

[1] Gottfried Weber, critique musical.

[2] Alexandre de Dusch, plus tard ministre à Bade.

cueillit fort bien. Je fixai à peu près le jour de
mon concert, attendant avec impatience l'arrivée
de Berger et la musique que Weber devait m'envoyer, ne pouvant songer à trouver un orchestre et
étant obligé de m'en tirer avec des bagatelles.
Mais ni la musique de Weber ni Berger n'arrivèrent,
et pour comble de malheur, il ne fut pas possible
de trouver un seul instrument passable dans tout
Bade ou dans ses environs. On m'en indiqua un à
Rastadt; j'y courus, et n'arrivai que pour apprendre
le départ de son propriétaire. Avec tout cela, le
temps se passait : la princesse Stéphanie fit une
absence, le prince héréditaire voulait partir, et je
renonçai à mes projets. Je reconnus encore là
mon mauvais génie, qui ne pouvait me laisser
davantage sans me taquiner de nouveau. Le voyage
et le séjour me coûtaient déjà plus de dix carolins,
ce qui me gêna beaucoup.

J'ai cependant fait plusieurs connaissances intéressantes et qui pourront m'être très-utiles dans la
suite. Le prince héréditaire de Bavière passait souvent des nuits entières avec moi pendant que je
donnais des sérénades. J'ai aussi rencontré le
poëte Tieck et une foule de mes amis de Stuttgart
avec lesquels nous faisions de longues promenades
à pied. Mais ce qui m'est le plus agréable, c'est la
rencontre de mon ami Cotta, le grand libraire de

Tubingen, qui m'a prié d'écrire quelque chose sur Bade dans le *Journal du matin*. Je lui proposai aussi d'éditer ma *Vie d'artiste,* qu'il accepta à ma plus grande joie, et qui doit paraître, ornée d'estampes, vers Pâques. Cet éditeur jouit d'une telle renommée, qu'aux yeux des peuples mon livre acquiert déjà la moitié de sa valeur du fait seul de sortir de ses presses.

Le 2 août je repartis pour Manheim, où j'arrivai le lendemain. On me requit tout de suite au Museum, et j'y jouai le 4. Cette fois je demeurai chez Weber, et je commençai là d'écrire mon opéra d'*Abu Hassan*. On ne me laissait guère tranquille, et je dus donner un concert à la société de Heidelberg, uniquement avec quatuors et chant. Malgré le beau temps et la consécration d'une église dans le voisinage, j'eus un nombreux et bienveillant public. Ce qui me surprit et me toucha singulièrement, ce fut de voir arriver au commencement du concert vingt personnes de Manheim, parmi lesquelles la famille Hertling, qui repartirent immédiatement après. Ce sont là de ces heureux moments où la pensée d'avoir conquis la sympathie des gens de bien console de beaucoup d'ennuis.

Le 15, je retournai à Manheim, que je quittai de nouveau le 18 avec le chagrin de ne pas retrouver mes chers amis à Darmstadt. Là, je reçus votre lettre de Frauzensbrunn, datée du 28 juillet, où vous me mandiez votre arrivée à bon port chez vos parents. Je respecte et j'aime la maison du comte Firmian à cause de vous, car celui qui vous attire si violemment, celui chez lequel vous vivez si heureux, doit être un bien excellent homme. Si jamais il m'est possible d'aller à Prague, je le verrai certainement; mais je suis comme une boule que le sort roule à travers le monde selon ses caprices.

Votre *canon* m'a fait grand plaisir, en me rappelant les heures heureuses que nous avons passées si gaiement ensemble. Que deviennent vos compositions musicales? Le 27, je suis allé à Francfort écouter une audition de ma *Silvana*. J'ai composé le premier *allegro* pour les concerts que j'avais arrangés avec Schmitt. Le papa en est très-content. J'ai transposé la fugue :

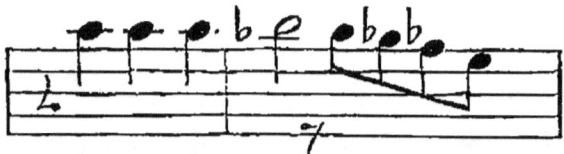

C'est ainsi que le temps se passait, et le 6 septembre je fis mes adieux à notre bonne ménagère, qui, chaque jour, me parlait de vous. Je me rendis à Francfort, où je me fatiguai tout le jour à corriger des épreuves et à faire des visites. Tout alla si bien, chacun travaillait avec tant d'amour, que je

me voyais déjà récoltant quelque bonheur sans
obstacle. Mais cela ne devait pas arriver. Madame Blanchard avait organisé une partie de plaisir
pour le même jour, ce qui, à cause de mon départ,
fixé à sept heures et demie, me remplissait d'inquiétude à cause de la distraction que cela pouvait
donner au public du théâtre. Cependant mon enfant, né heureusement, fut accueilli par les applaudissements. Un morceau fut bissé, et l'on me rap-
pela après la *Silvana*. L'artiste parut, mais je ne
me montrai pas. C'est après-demain qu'a lieu la
seconde représentation : je m'y rendrai, pour voir
comment elle marchera.

J'ai remis vos chansons à André avec une traduction. Simrock vous salue. Papa ne se porte pas
bien, il souffre à ce point de ne pouvoir s'asseoir,
ce qui vous expliquera pourquoi il ne vous écrit
pas maintenant. Meyerbeer, à présent mon unique
soutien, vous embrasse. Nous avons fondé, Beer,
Weber et moi, une association harmonique à laquelle
vous appartenez aussi, et dont je vous parlerai au
long dans ma prochaine lettre. Elle est pour nous et
pour l'art de la plus grande importance. Tous deux
m'ont choisi pour président, si cela vous convient.

Papa a transcrit votre chanson pour piano, il
l'a remise à la grande-duchesse pour le jour anniversaire de sa naissance.

6

Kuhnel, l'un des associés du « Bureau de musique » à Leipzig, a eu l'insolence de n'offrir pour les choraux que quatre frédérics d'or. Grand-papa s'est montré furieux ; toutefois je l'ai déterminé à traiter la chose comme une bagatelle. Là-dessus j'ai écrit à Kuhnel de les imprimer tout de suite, Vogler et moi jugeant au-dessous de votre dignité de marchander davantage. Tous les éditeurs sont de véritables chiens, et en outre gens fort communs, bien que dans leurs discours le second mot soit toujours : Art, art ! mais il faut traduire : Argent, argent !

Voici deux mots de Meyerbeer :

« Mon éternel ami, quoique j'aie l'intention de vous écrire une longue lettre par le prochain courrier, je ne veux pas laisser échapper cette occasion de vous envoyer quelques paroles amicales et de vous embrasser. A vous pour toujours.

J. M. Beer. »

Maintenant, cher Johann, donnez-moi bientôt de vos nouvelles. J'attends une longue lettre. Sachez que dans ma solitude c'est un baume sur mes blessures. Je compterai les jours d'ici là. En attendant, aimez votre ami comme il vous aimera et estimera éternellement.

Carl-Marie de Weber.

Darmstadt, le 24 septembre 1810.

IV

Darmstadt, le 9 octobre 1810.

TRÈS-CHER AMI !

C'est au nom de papa que je prends la plume pour répondre à votre lettre du 3, et au mien propre que je vous prends en flagrant délit d'outrage immérité. Ne vous ai-je pas écrit à Hagensdorf, à la date du 24 septembre, une lettre longue d'une aune ? Je ne comprends pas que vous ne l'ayez pas encore reçue ? Et comment vous aurais-je pu écrire avant la première représentation de mon opéra ? Il fut donné le 26 pour la seconde fois, avec un grand succès, et si bien exécuté qu'il ne me restait rien à désirer. Dans le cas où vous trouveriez quelque chose dans le *Journal du matin*, donnez-en un extrait dans quelque autre feuille.

Où en êtes-vous donc de votre opéra ? et n'avez-vous rien composé de nouveau à part le chœur ? Si les journaux de Vienne parlent de vous, envoyez-les-moi tout de suite, afin que l'association les répande au loin. Le billet est arrivé exactement, et papa l'a remis à M. Bauscher à Francfort pour l'en-

caisser, mais il n'a pas encore le reçu. Quant à
l'autre, il dit que vous n'avez que faire de vous
gêner, et qu'il attendra avec plaisir jusqu'au mois
de mai.

Papa eût bien voulu vous écrire, mais il est tellement occupé par sa dissertation sur « l'Ascension
hébraïque », que cela lui est impossible. A la fin
d'octobre, je donnerai un concert et de là j'exécu-
terai ma tournée par Munich, Berlin, Hambourg, etc. Pour l'instant, je travaille comme une
bête de somme. Les six sonates pour André m'oc-
cupent particulièrement; j'en ai déjà fini trois. Je
travaille beaucoup à la *Vie d'artiste,* aussi n'ai-je
pas commencé la biographie de papa. C'est un ouvrage à l'achèvement duquel je ne puis pas songer maintenant, bien que je fasse le possible pour
cela. Que ne donnerais-je pas pour voler vers vous,
vers ma Vienne chérie! Weber de Manheim
m'écrit souvent et pense beaucoup à vous. Les
couches de sa femme se feront dans quatorze jours
environ. Je n'ai pas entendu parler de Berger depuis qu'il est à Stuttgard. Mais il est si paresseux!
Notre beau cercle de Heidelberg est complétement
dispersé; Schleifer, Loyzow, les deux Starkloff et le
Suisse sont partis. Mon concerto pour piano étant
terminé, je voudrais le jouer à Manheim, si mes
occupations me le permettent. Dès que j'aurai

quitté le *Darmstadt* en cuir, j'avancerai plus vite.
J'ai été voir, hier, notre ancienne ménagère, qui
s'informa de vous et vous envoie ses salutations.
Figurez-vous que notre servante, cette affreuse
fille, épouse un domestique de la chancellerie,
bon garçon qui aime un peu la bouteille. M. Reiner continue à faire des observations ingénieuses;
Thérèse chante toujours faux; M. Beer écrit des
canzonettes et des psaumes; la vieille prise du ta-
bac en quantité; Marianne se lamente; Barbe fait
la cuisine, et la maison s'est augmentée d'un chien
mâtin noir. Vous avez maintenant les détails les
plus complets sur notre maison. J'attends de vous
une bien longue lettre, et suis pour toujours votre
frère en harmonie

WEBER..... MELOS.

A propos [1], Weber s'appellera G. Giusto dans sa
prochaine signature. Papa se rappelle, ainsi que
moi, ce souvenir de mademoiselle de Paradis, la
pauvre pianiste aveugle.

[1] Ce mot est écrit en français.

V

Manheim, 7 décembre 1840,

CHER FRÈRE,

J'ai reçu ta lettre de Salzbourg du 17 octobre à Darmstadt. C'est avec une immense joie que j'accepte le *tu* si cordial, depuis longtemps dans notre pensée, et que notre bouche seule ne prononçait pas. Notre liaison, désormais plus étroite, se trouve scellée par un serrement de main *à tu et à toi*. Je t'ai écrit à Vienne le 9 octobre, à l'adresse de mademoiselle de Paradis ; j'espère que tu auras reçu cette lettre.

Les six petites sonates pour André sont achevées, et je les lui ai envoyées le 18 avec le concerto. Comme tu le sais, j'avais l'espoir d'aller à Francfort dès que le temps le permettrait, et comme j'y comptais beaucoup de connaissances et que je n'avais pas donné de concert depuis longtemps, tout me promettait une belle recette. Je partis donc le 22 pour Francfort. Mais figure-toi ma terreur ! Les Français y entraient en même temps que moi ! Ils s'emparèrent de toutes les denrées coloniales. La consternation était si grande qu'il

n'y avait plus moyen de songer à donner un concert. Je restai quelques jours encore, dans l'espoir
que les choses se calmeraient un peu ; mais comme
il n'y avait aucune espérance à ce sujet, je retournai à Darmstadt.

Auparavant je m'étais rendu chez André à Offen-
bach. J'eus la contrariété d'apprendre qu'il m'avait
renvoyé mes sonates parce qu'elles étaient trop
bonnes ! Il m'en montra de Demar, me disant que
les miennes devaient être ainsi faites. Je lui décla-
rai que la chose ne me serait pas possible, et que
je ne consentirais jamais à écrire un tel « galima-
tias ». Je lui réclamai mes « honoraires », dont il
ne voulut me donner que la moitié, disant qu'il
était d'usage chez lui de ne payer le reste qu'à
l'apparition des œuvres. Quant à tes mélodies,
elles sont sous presse ; mais il ne m'en a donné
que onze florins, prétextant que c'était ainsi qu'il
l'avait compris. J'étais trop en colère pour ajouter
un mot, et je le quittai.

J'eus le plaisir de recevoir ta lettre le 1er novembre, jour où l'on exécutait ta messe à Salzbourg, ce qui faisait grand plaisir à papa et à frère
Beer. Monsieur le conseiller à la Cour, Hoffmann,
m'engagea à l'accompagner à Manheim ; mais, fatigué par tant de désagréments, je voulus encore
consacrer quelques jours à mes amis. Cependant

je partis le 8 avec lui, et je surpris fort mes chers
habitants du Manheim. Je n'ai pas besoin de te
dire que je me trouve ici comme en paradis. Tout
le monde ici parle de toi, et principalement toute
la maison Salome, les Hertling, les Edel, Weber,
Dusch et Frey.

Le 19 novembre, on donnait au Musée une ouverture de moi, un psaume de Beer [1] et mon concerto. La princesse Stéphanie y assistait. Elle était
ravie, et me pria de chanter quelques chanson-
nettes en m'accompagnant sur la guitare. Je la
charmai tellement qu'elle me proposa immédiatement de rester à Manheim. Chacun me félicitait
et se réjouissait de me garder, et je dois dire que
la perspective de rester au milieu de si honnêtes
gens me faisait du bien. Chaque jour on parla de
ce projet, conduit par la grande maîtresse de la
princesse. On m'offrit tout de suite mille florins, logement et chauffage. L'affaire était considérée comme
décidée, lorsqu'un jour, après que j'avais été plusieurs fois jouer et chanter chez la princesse, elle me
fit dire par sa grande maîtresse, qu'après avoir
consulté ses finances, elle voyait que sa caisse ne
lui permettait pas, à son grand regret, de m'engager. Ce fut au bout de quatorze jours, pendant
lesquels j'avais perdu un temps précieux, qu'on

[1] Meyerbeer.

me fit cette déclaration. A cette heure encore, je n'ai pas même reçu un présent.

Comme je travaillais ardemment à mon petit opéra d'*Abu Hassan*, je me décidai à le terminer ici, ainsi que l'instrumentation de trois morceaux, ce que j'ai fait. Je vais donc, à la volonté de Dieu, entreprendre mon voyage vers Munich, Berlin, Hambourg, Copenhague, etc. J'étais avant-hier à Heidelberg; toutes tes connaissances t'envoient leurs salutations.....

Je m'afflige que les choses ne prennent pas meilleure tournure relativement à ton opéra. Ne voudrais-tu pas l'envoyer à Giusto! Peut-être pourrions-nous le faire connaître ailleurs? Prends soin que nous ayons quelques bons correspondants à Vienne, car Weber et moi nous publierons probablement un journal musical, dont tu recevras le plan dans une prochaine lettre et auquel il faudra trouver des souscripteurs.

Mes compliments à toute la maison du comte. Pense toujours avec amitié à ton plus fidèle ami et frère

MELOS[1].

---

[1] L'une des signatures de Weber.

VI

ASSOCIATION HARMONIQUE [1].

Les nombreux jugements portés avec tant de partialité par les prôneurs à gages des éditeurs, la difficulté qu'on rencontre pour honorer les véritables grandes œuvres et leur assigner la place qui leur convient, ont décidé Carl Maria de Weber, Joh. G. M. Beer, Gottfried W. et Alexandre de Dusch, à former une association dont les membres, se soutenant réciproquement, travailleraient activement pour le plus grand bien de l'art. Égale ferveur, ensemble de vues, et obligation de traiter le côté esthétique de l'art, tels étaient les principes de l'association. Le sort ne permettant pas que tous les membres fussent réunis dans un

---

[1] Voici maintenant une pièce intéressante écrite de la main de Gottfried Weber, célèbre critique musical. Elle montre avec quel respect l'art était traité alors, et les efforts tentés par ceux qui s'y livraient pour le maintenir sur les hauteurs sereines, où il enfantait les œuvres immortelles que nous admirons sans pouvoir les atteindre jamais. L'association dont le document suivant donne le statut se composait de l'auteur du *Freyschütz*, de J. G. Meyerbeer, de Gottfried Weber et d'Alexandre de Dusch, qui devint plus tard ministre du grand-duché de Bade.

même lieu, on regarda comme indispensable d'arrêter un règlement sur la marche à suivre. Le but véritable de l'union devant être droit et irréprochable, comme il faut supposer des vues et des interprétations différentes de la part des différents membres, et que les obstacles ne peuvent être écartés que par la persévérance, l'association prend pour devise : *Persévérance conduit au but.* Elle se croit aussi fondée à s'intituler l'*Association harmonique*, chacun étant animé du même zèle, du même esprit, et ne faisant qu'un seul tout dans le présent et dans l'avenir.

§ 1. Le silence le plus absolu sur l'existence de l'association est un devoir inhérent à la nature même de l'union. Toute l'œuvre serait anéantie si elle était connue, car le public ne croirait jamais à l'impartialité et à la franchise d'une semblable association.

§ 2. La suprême direction a été confiée à Carl Maria de Weber.

§ 3. Manheim est désignée comme le point central des opérations. A Gottfried Weber, secrétaire de l'association, sont confiées les archives, la caisse, un livre de recettes et de dépenses. Il ordonnance et signe toutes les pièces, afin que la marche de l'œuvre puisse être facilement vérifiée.

§ 4. Toutes les lettres destinées au directeur

seront adressées non cachetées à l'adresse de
M. Weber, licencié à Manheim, qui, en rapports continuels avec le directeur, les lui enverra
au plus vite.

§ 5. Comme il faut prévoir des dépenses pour
les envois, etc., une cotisation spéciale sera déterminée à cet effet.

§ 6. En règle générale, les membres fonda-
teurs ne peuvent être choisis que parmi les compositeurs et les écrivains jugés dignes par leur caractère d'appartenir à l'association.

§ 7. En dehors de ceux-là pourront encore être
reçus les confrères en littérature qui, sans être
compositeurs, allieraient à la connaissance de la
musique un talent littéraire et pourraient être
utiles à l'art par leurs travaux. Ils jouiraient
des mêmes droits et prérogatives que les autres
membres.

§ 8. Le choix des adhérents nouveaux doit être
entouré des plus grandes précautions. C'est pourquoi aucun membre ne peut être reçu sans que
celui qui le présente s'en porte garant de la manière la plus stricte.

§ 9. En le proposant au directeur, il présentera
un aperçu sur son genre de vie et ses opinions artistiques, qui sera communiqué à tous les membres de l'association pour en délibérer.

§ 10. Il va sans dire, qu'avant sa réception, le postulant ne saura rien de l'association, de façon à empêcher les abus. Dans aucun cas les hommes de talent ne devront être exclus des travaux efficaces de l'union.

§ 11. Chaque membre doit se choisir un pseudonyme, s'il ne signe pas de son propre nom. On obviera par là à des méprises possibles.

§ 12. Dans le cas où un membre aurait plusieurs pseudonymes, ou s'il en prenait un nouveau, il devrait l'annoncer tout de suite au siége de la Société, afin que les autres membres en soient avisés.

§ 13. Deux mois après sa réception, le nouveau membre est obligé d'envoyer sa biographie aux archives. Il y établira principalement son initiation à l'art et livrera à la fin de chaque année la continuation de ses travaux. Le secrétaire devra donner un avertissement aux membres retardataires.

§ 14. Le but principal de l'association, et par conséquent le devoir de chaque membre, est de poursuivre sans cesse le bien partout où il se trouve; on devra donc tenir grand compte des talents jeunes, et les encourager.

§ 15. En outre, comme le monde est inondé de mauvais ouvrages qui le plus souvent n'ont de valeur que celle que leur donnent les comptes rendus complaisants ou les gens en place, il est de notre devoir de remédier à cet abus, en le signalant là où on le rencontre. De la sorte, nous espérons éviter le bruit ordinaire de ces comptes rendus.

§ 16. Dans ces conditions, la propagation et l'appréciation des travaux de la confrérie deviennent un devoir agréable.

§ 17. Toute œuvre émanant de la plume d'un confrère doit être, dès son apparition, envoyée au directeur par l'éditeur. Celui-ci renseigne en même temps sur le genre de ses publications. Le directeur en confie alors le compte rendu à un membre de l'association, et l'annonce à l'éditeur.

§ 18. L'auteur doit aux archives une copie in-octavo de chaque compte rendu. Cette collection dira la marche et les progrès de tous, et sera pour chacun intéressante et instructive.

§ 19. La partialité doit être évitée soigneusement. Aussi ne doit-il pas être permis de dépasser la mesure du blâme dans les critiques, qui devront être faites avec modération, et non sur un ton mordant ou malicieux.

§ 20. S'il arrivait, cependant, ce qui n'est guère présumable, qu'un membre de l'association présentât quelque chose de mauvais, le directeur devrait le lui dire franchement en l'engageant à reprendre son travail. Et si l'éditeur avait des objections contre l'appréciation du directeur, celui-ci s'en remettrait au jugement de deux membres. Dans le cas où l'un de ces derniers serait d'accord avec le directeur et que l'éditeur ne voulût pas retirer l'ouvrage, il serait alors procédé selon l'article 15.

§ 21. Bien que l'association n'exerce son influence sur aucune opinion politique, il est cependant convenu que les membres se doivent une mutuelle assistance, et se mettent ainsi au-dessus de toute jalousie artistique.

Archives Centrales, ce 30 novembre 1810.

VII

TRÈS-CHER FRÈRE,

J'ai reçu, ici, à Darmstadt, ta lettre du 7 janvier; j'espère que tu as également reçu ma lettre de Manheim, du 7 décembre, ainsi que son intéressante annexe. Giusto et moi nous attendons impatiemment ta réponse. La bonne ville de Salzbourg va mal; tout s'en va, et ta description m'a ramené au temps de ma jeunesse. Si j'avais pu seulement me trouver à tes côtés et te montrer mes endroits favoris [1] !

Veux-tu parler à Liebich [2] de ma *Silvana?* Il me serait très-agréable que tu écrivisses, pour cela, à M. Hiemer à Stuttgard, qui a la copie de l'opéra. C'est un poëte, et il sera bien aise d'entendre quelque chose de toi, car il te connaît déjà par mes lettres. Je lui en écrirai également. Il est vraiment fâcheux, sous un certain rapport, qu'il n'y ait pas de journal en Autriche où tu puisses

---

[1] A l'époque de sa jeunesse, Weber se trouvait à Salzbourg avec son père, qui avait pris l'entreprise du théâtre Il y reçut alors les leçons de Michel Haydn.

[2] Directeur du théâtre de Prague.

écrire. Mais, d'un autre côté, notre renommée y arrive du dehors. Nomme-moi exactement les feuilles les plus lues à Vienne, celles qui sont libres. Dieu veuille que ton opéra soit bientôt joué, et qu'il soit accueilli du public comme il le mérite; mes vœux les plus sincères l'accompagnent.

J'ai envoyé une note au *Journal élégant* sur ce que tu m'as mandé de la *Vestale* de Spontini. Mets-toi en rapport direct avec le *Journal du matin* et avec le *Journal élégant*.

Maintenant que j'ai répondu à ta lettre, je reprends ma biographie.

Je t'écrivais le 7 décembre, et le 8 je composais un *Chant d'adieu* que Dusch avait versifié pour moi. Ce *lied* est parfaitement écrit et avec toute mon âme. La comtesse Benzel, très-jolie femme, m'engagea d'aller à Carlsruhe, où se trouve la reine de Bavière. Je me décidai tout de suite, et, chargé de lettres de recommandation, je m'y rendis le 12. J'y fus accueilli avec une grande distinction. Ce fut à peine si je trouvai une soirée pour donner un concert, la présence de la reine donnant lieu chaque jour à quelque chose de nouveau. Je ne jouai pas chez la reine, mais elle me fit dire qu'elle se réjouissait de m'entendre à Munich, et cela me fut très-agréable. Enfin le Musée me céda un jour de bal; de sorte que j'arrivai à donner le 21 un concert qui réussit fort bien, et dans lequel je fus couvert d'applaudissements.

Je retournai le 23 à Manheim; là, on me persécuta tellement pour donner un concert que je m'y résolus. Les musiciens de la ville m'ayant promis leur concours pour l'annoncer, on s'empressa de souscrire, et tout me promettait une superbe recette, lorsque, tout d'un coup, l'orchestre, cédant à la cabale d'un sieur Ritter, changea d'avis et me déclara par écrit que, pendant tout le temps que duraient leurs concerts, le règlement les empêchait d'accompagner un artiste étranger.

Je fis insérer, en diligence, dans un journal que ces messieurs manquaient à leur parole, ce qui fit grand bruit dans la ville, mais ce qui ne servit à rien. J'étais frustré d'une belle recette. Quelques jours après, les sieurs Kreutzer et Leppich, avec leur *panmelodicon,* s'avisent de donner un concert. Tu penses bien que je ne me tairai pas là-dessus et qu'il peut en surgir une querelle. Le 31, je jouais encore une fois dans la salle du Musée, et, le 6 janvier, je repartais pour Darmstadt, après de pénibles adieux à Manheim. Chaque jour nous y avons parlé de toi. Écris donc à Giusto.

J'ai tout à fait terminé mon *Abu Hassan;* je l'offrirai demain au Grand-Duc, auquel il est dédié. Après avoir donné un concert, je me sauve pour courir le monde. Il est vrai que papa ne me laissera pas aller facilement; mais il m'est impossible de passer mon meilleur temps à songer. Lui aussi compose un petit opéra, dont le Grand-Duc lui a fourni le misérable sujet. Il sera fini sous peu de jours. Papa te salue cordialement.

Les choraux sont enfin arrivés et très-bien gravés. J'ai aussi reçu ce qui a paru, de toi, chez Kulnel, et l'ai distribué à la critique.

Adieu, réponds-moi, et adresse tes lettres à Giusto.

Éternellement ton plus fidèle ami,

MELOS.

Darmstadt, le 13 janvier 1811.

VIII

Le 18 janvier 1811, onze heures du soir [1].

Sorti des cercles mondains, j'entre dans ma
chambre paisible et solitaire. Cette solitude bien-
faisante me permet au moins de répudier toute
contrainte. Le repos succède aux luttes et aux
tempêtes; sous cette quiétude extérieure combien
peu sauraient voir la douleur qui me ronge en
anéantissant mon esprit et mon corps!

Ce n'est que sous la pression que l'onde se sou-
lève, que le ressort se détend. Ce ne sont que les
situations difficiles et périlleuses qui révèlent les
grands caractères. S'il en est ainsi, le génie doit se
trouver en moi, de même qu'une belle destinée,

---

[1] Ce qu'on cherche, avant toutes choses, dans la lecture
des écrits des hommes célèbres, c'est assurément la connaissance de l'homme lui-même. En entrant dans sa vie intime,
on arrive aussi à mieux comprendre son œuvre. C'est ce qui
nous engage à donner le morceau suivant, bien qu'il ne se
présente pas sous la forme d'une lettre. On verra dans cet
épanchement intime, où les contradictions avec une lettre
précédente ne manquent pas, les luttes de la vie d'artiste,
les défaillances momentanées, qui chez Weber comme chez
tant d'autres n'ont été que les aiguillons de leur génie. G. C.

car jamais mortel ne traversa des circonstances plus défavorables et plus oppressives. Dans les plus petites comme dans les plus grandes entreprises de ma vie, le sort a jeté mille traverses sur ma route ; et si jamais j'ai réussi en quelque chose, les obstacles, les difficultés incroyables qu'il m'a fallu vaincre en ont attristé la jouissance. Une insensibilité presque complète contre les coups du destin est le seul avantage que je porte encore en moi. La sensation d'un brisement absolu est si forte que le plaisir même ne peut plus produire dans mon âme une impression sans mélange. La joie ne m'apparaît plus que comme un fantôme qui me rend toute jouissance amère.

Dès ma naissance, le chemin de la vie s'ouvrit devant moi autrement que pour tout autre homme. Je ne puis me réjouir au souvenir de mon enfance ; aucune joie d'une libre jeunesse ne m'a exalté ; et déjà l'expérience de l'âge mûr m'éclaire. J'ai tout obtenu par moi, tout tiré de moi-même, et rien ne m'est venu d'autrui. Je n'ai jamais aimé, car ma raison m'a montré bien vite que les femmes, dont, fou que j'étais, je me croyais aimé, se jouaient de ma bonne foi, poussées par de misérables motifs. L'une faisait la coquette avec moi, parce que j'étais le seul homme de sa connaissance au-dessous de quarante ans. Une autre était attirée par mon uniforme. La troisième s'imaginait peut-être m'aimer, parce qu'elle avait besoin d'aimer quelqu'un et que le hasard m'avait ouvert l'entrée de son intimité. Ma foi dans la femme, que mon cœur avait idéalisée, a disparu, et par suite aussi une grande partie de mon espoir dans le bonheur d'ici-bas. Si je savais trouver jamais une femme qui voulût se donner la peine de me tromper, si adroitement que je pusse la croire, je lui promettrais toute ma reconnaissance, lors même que je viendrais à me réveiller de mon rêve.

Je le sens, il faut que j'aime; tour à tour j'adore les femmes, je les hais et je les méprise. Jamais je ne connus les tendres liens de l'amour entre frère et sœur. Ma mère, la mort me l'a enlevée de bonne heure. Mon père m'aimait avec exaltation, et cependant, faut-il le dire? malgré tout le respect et l'affection que je lui garderai éternellement, sa faiblesse pour moi nuisait à ma confiance en lui. Je croyais aussi avoir trouvé des amis; mais l'habitude de me voir les avait seule attachés à moi. A peine étions-nous séparés, que déjà j'étais oublié. Je me réfugiai alors dans l'art, j'adorais en idolâtre les grands artistes, et dans l'intimité je les trouvai, avec la divinité que je leur avais prêtée, aussi abaissés que je me sentais bas moi-même. Si les maîtres se compromettent, que peut faire l'élève? Si je n'eusse trouvé en toi, art divin, les règles pour me maîtriser moi-même, j'eusse été perdu. Et toi, mon unique soulagement, mon tout, peux-tu donc te trouver en ennemi sur ma route? Dans l'ardeur de mon embrassement, je rencontre le sentiment de mon néant, et je le renverse à terre. Force de l'humanité, piéges qui nous environnez, pourquoi venir vous placer entre l'art, mon seul ami, et Dieu? En me soumettant à vous, ennemis tout-puissants, je m'anéantis en riant, je me perds; et par un bon mot je prononce mon arrêt de mort.

Bref, misère est le lot de l'homme. En rien il ne peut approcher de la perfection. Toujours mécontent et en désaccord avec lui-même, il personnifie le mouvement perpétuel, continuellement ballotté, sans force, sans volonté, sans repos.....

IX

CHER GAENSBACHER,

Ta lettre, en m'apprenant la charmante réception que tu as reçue chez Esterhazy, m'a fait beaucoup de plaisir. Mais de ton opéra, qui m'intéresse
vivement, pas un mot. Comment vas-tu ? Après
mille tentatives, je me suis débarrassé de Darmstadt. J'ai quitté notre bon vieux maître, et cela
m'était vraiment pénible. Mais il le fallait faire un
jour, et j'avais déjà bien tardé.

Afin de garder mes habitudes, je vais te raconter toutes choses en détail. Le 13 janvier, je
t'adressai à Prague ma dernière lettre. Le 14,
j'envoyai le *Abu Hassan* au Grand-Duc. Pendant quelques jours je n'en entendis pas parler;
mais enfin Mangold me dit que le prince en avait
éprouvé du plaisir, et qu'il en serait certainement
ainsi de mon concert, ce qui arriva, en effet. Bien
qu'il fût encore différé, je le donnai enfin le 6 février. Il fut extrêmement brillant pour Darmstadt.
J'avais composé pour madame Schœnberger et pour
la fille de Mangold, qui a aussi une magnifique voix
de contralto, un petit duo qui plut infiniment et
qu'elles durent recommencer.

Le Grand-Duc avait pris cent vingt billets et me fit en outre présent de quarante carolins pour mon opéra. Figure-toi que le jour même du concert, au moment où j'allais m'habiller, la porte s'ouvrit. Qui entre? Weber et Dusch de Manheim. Tu peux t'imaginer ma joie à cette surprise. Elle s'accrut encore en apprenant que ces excellents garçons restaient jusqu'au 10. Mais alors nous dûmes nous séparer. Beer retournait le 12 à Manheim pour rencontrer un professeur qui était en visite chez sa sœur. J'étais donc tout seul avec papa.

Le 13, je t'ai envoyé une lettre par Fr. Paradies. Le 14, je me séparai de tout ce qui m'était cher et agréable pour me rendre au milieu de gens qui m'étaient étrangers. Je passai quelques jours à Francfort, puis de là je fus à Giessen, université qui est à dix-huit lieues de là. J'y fus admirablement bien accueilli, quoique considéré comme une bête curieuse, mais toujours très-amicalement et d'une façon très-hospitalière. Le 22, je donnai mon concert. La salle était tellement pleine, que personne, à Giessen, n'avait souvenance d'avoir vu rien de semblable. Je fis une recette de quatre-vingt-deux florins.

Comme le temps était précieux, je partis le 23, malgré les instances de mes amis, pour Hanau, où le théâtre est détestable. Le 24 j'étais à Aschaf-

fenbourg et le 25 à Wurzbourg. J'ai beaucoup
marché et fait nombre de visites; mais je ne crois
pas qu'il y ait quelque chose à faire dans cette
ville. Le Grand-Duc n'écoute personne qui ne lui
ait été recommandé. En outre, le maître de chapelle Krisi, un Italien, me paraît une franche ca-
naille, qui aime à se débarrasser de tout et de
tous. Je verrai encore aujourd'hui s'il est possible
de faire quelque chose, afin de ne pas dépenser
plus longtemps de l'argent en pure perte.

J'ai, en outre, appris qu'il y avait ici un petit
violoniste français, et la joueuse de harpe mademoiselle Weber. C'est insupportable de se rencontrer avec tant de gens, et il faut attendre pour
voir qui restera maître du terrain, moi ou eux.

D'ici, je vais à Bamberg, Augsbourg et Munich;
puis à Leipzig, Berlin, Hambourg et Copenhague.
Dieu sait comment cela ira! Il me faut rassembler
toute ma raison pour ne pas devenir paresseux et
triste, car y a-t-il rien de plus misérable que de
courir l'étranger, jouant pour chacun, afin de
prouver qu'on sait quelque chose, lorsque sur
trente personnes, une seule peut-être en fait son
profit, et peut vous être utile? Il me semble cependant en avoir trouvé une dans cette condition,
c'est le chef d'orchestre Frœlich, avec lequel j'ai
couru hier pour trouver un forte-piano.

Voilà que j'apprends qu'il y a ici un jeune pianiste français, Delain, qui a obtenu l'autorisation
de donner un concert; de sorte qu'il me faudrait
attendre ici quatorze jours. C'est impossible. Je
pars donc après-demain. J'étais ce matin de bonne
heure chez le Grand-Duc et je voulais lui offrir
mes opéras; mais l'heure de l'audience était déjà
passée. Je vais donc voir ce qu'il y a encore à faire
sous ce rapport.

Porte-toi bien, cher frère. Fais souvent mes
compliments à toute la maison du comte, et ne te
lasse pas d'écrire à ton ami, qui t'aime de cœur.

DE WEBER.

Wurzbourg, ce 27 février 1811.

X

CHER FRÈRE TRIOLE[1],

Un oratorio[2] dont j'ai reçu récemment les paroles du professeur Screiber de Heidelberg, et qu'on doit exécuter prochainement à Berlin, m'a donné tant de travail, que je ne puis pas penser à écrire de lettres. Cependant je tiens à te dire que j'ai parlé de tes mélodies dans le *Journal du matin* et dit aussi quelque chose de ton Augsbourgeois dans le *Threymathig*.

Écris donc bientôt à ton frère.

MEYERBEER.

Renvoie à Manheim la circulaire ci-jointe.

[1] Les lignes suivantes sont un post-scriptum de Meyerbeer à la lettre précédente.
[2] *Dieu et la Nature.*

XI

CHER FRÈRE,

Il est incompréhensible que depuis si longtemps tu ne m'aies pas écrit une ligne. Songe que si tu es au milieu des tiens, je suis seul ici, à Munich, où je suis arrivé le 14 mars. J'ai été reçu partout avec infiniment de considération, surtout par l'orchestre. Après mille difficultés, je parvins enfin à donner le 5 avril un concert au théâtre. Depuis longtemps on n'y avait vu autant de monde et autant d'enthousiasme, ce qui me plaça à la hauteur des circonstances. Je reçus tout de suite tant de demandes de concertos et autres compositions, que je pris la résolution de rester ici tout l'été, pensant bien que mes œuvres payeraient ce séjour et que, muni de nouvelles recommandations, je pourrais aller plus loin. C'est ce que je fis. J'ai fait monter *Abu Hassan,* dont je t'envoie une affiche, et que le théâtre a déjà joué deux fois avec un grand succès. Je vis aussi heureux qu'on peut l'être lorsque l'on est loin des siens. Vers le commencement d'août, j'ai l'intention d'aller en Suisse pour revenir ici en septembre, y donner encore un concert, et continuer alors, si Dieu le permet, ma route vers Berlin.

J'ai reçu hier des nouvelles de Weber; il m'écrit qu'il va le 21 à Darmstadt, où l'on doit donner *Samori,* écrit par Vogler expressément pour Vienne. Je suis très-curieux de savoir comment cela va marcher. Il n'est pas douteux que vous avez étudié assez longtemps; dix mille répétitions ne sont pas une bagatelle! J'ai presque peur pour le *Samori,* car, au dire de Mangold et de tout l'orchestre, vous n'y alliez pas *con amore,* et tu sens combien cela a d'influence!

Où en est ton petit opéra? Qu'as-tu écrit de nouveau? Ne puis-je t'être utile ici à quelque chose? Ne penserais-tu pas à envoyer ici ton opéra ou une messe? Cette dernière chose serait peut-être plus difficile que la première, le jaloux Winter[1] ne laissant arriver personne. Depuis quelque temps je me donne beaucoup de peine pour lui faire accepter une messe de Weber, j'espère que je réussirai.

En ce moment, la cour étant absente, ce n'est point l'orchestre de la « chapelle » qui joue dans l'église. Tu auras sans doute lu mon article sur ton morceau à quatre mains dans la *Gazette musicale.* Je ne comprends pas comment tes mélodies

---

[1] Jean-Pierre Winter, auteur du *Sacrifice interrompu,* était alors maître de chapelle du roi de Bavière. Les lettres de Mozart font connaître son caractère jaloux.

n'ont pas encore paru chez André. N'as-tu rien envoyé depuis à Kuhnel? N'oublie pas de rédiger une
annonce quand tu édites quelque chose de nouveau. J'ai composé dernièrement un concerto pour
clarinette, pour le fameux Bœrmann. A mon concert il a joué un concertino qui a beaucoup plu,
ainsi qu'un concerto en *fa* mineur, *ut* majeur et
fa majeur, dans le concert que le facteur Kauff-
mann de Dresde a donné sur l'harmonium, et pour
lequel j'avais écrit un adagio et un rondo avec accompagnement d'orchestre. Ce rondo surtout m'a
donné beaucoup de mal à écrire pour un instrument dont le ton est si particulier et si étrange que
l'on est obligé de faire appel à la plus haute fantaisie pour le mettre d'accord avec les autres instruments. C'est un cousin de l'harmonicon, ayant
cela de particulier que, lorsqu'un son est mis en
vibration, il fait entendre sa première aliquote, et
ensuite que c'est par le frottement de bâtons en
bois que les cordes sont mises en vibration. Les
deux compositions ont plu indifféremment par leur
originalité.

C'est avec douleur que j'attends un bon poëme
d'opéra, car quand je ne travaille pas à un opéra,
je ne me porte pas bien. Il y a déjà longtemps que
papa Vogler ne m'a pas écrit, ce qui me donne
à penser qu'il a beaucoup à faire avec son *Samori*.

Prends soin de la lettre ci-jointe qui me fut envoyée hier, afin qu'elle n'éprouve pas de retard.

Adieu, très-cher ami. Réjouis promptement, par quelques lignes, ton frère fidèle qui t'aime de tout son cœur.

MÉLOS.

Munich, ce 27 juin 1811.

Mes salutations respectueuses à la famille du comte, bien que je ne le connaisse pas.

XII

POUR LA FÊTE DE BOERMANN [1].

En avant donc, violons, trompettes et flûtes !
Aujourd'hui vous devez vous mettre en branle
    Pour bénir et fêter ce beau jour
Qui est celui de la fête de Henri Bœrmann.

Allons, allons, ma muse, je mets le pied à l'étrier,
Ne te gêne pas, puisque je te lâche la bride.
    Parle si franchement et si haut
Qu'il soit aimé par les hommes et même par les animaux !
    Larmes d'une douce émotion,
Soupirs, marque d'une vive inclination,
    Vous remplissez ma poitrine !

    Malgré les larmes répandues,
Il n'est point ici question du roi de Prusse.
Non, non ; mais de Henri le gros, le gras,
De Bœrmann l'aimable et le charmant ami.
      O salut !
    O jour de ravissement,
      O tout puissant,
     Combien je suis heureux !

[1] Henri Bœrmann le clarinettiste.

Les désirs brûlent en moi
Comme du fenouil, du cumin ou de la coriandre.
    Je ne sais par quels vœux débuter.
La vivacité de mon sentiment me rend fou.

Je lui souhaite d'abord des poumons d'enfer
    Et une langue infatigable,
Des lèvres dures comme le cuir de l'élan,
Les doigts agiles comme un ressort de montre.

    Ensuite une santé faite de telle façon
    Qu'elle ne soit ni trop robuste ni trop délicate;
    Qu'il n'arrive pas à un âge trop avancé;
. Avec cent ans, je pense, il pourra se montrer content;
    Qu'il soit toujours jeune et frais comme un poisson;
    Qu'il ait toujours une table bien servie;
De l'argent, je ne lui en souhaite qu'autant qu'il en a besoin,
        Environ deux millions par jour.
    Qu'alors il achète ce que j'ai oublié de lui souhaiter,
    Et qu'il place le reste à intérêt chez les demoiselles.
            Je lui souhaite en outre
            Une tête sans cornes,
            Une âme joyeuse,
            Un cœur content
            Et un estomac
            Pour supporter
                Les vins
            Et même les pierres.

        . . . .

        . . . .

        Et encore quelque autre chose
        Que je n'ose pas dire,

Et encore quelque autre chose
Qu'il saura bien demander !

Et de même que tout « trille » doit finir,
J'arrive à la fin de mes souhaits.
Toutefois je souhaite encore qu'il soit
L'ami de son véritable ami.

KRAUSALAT [1].

[1] Krausalat, pseudonyme de Weber lorsqu'il se prenait à improviser des vers. Munich, 15 juillet 1811, le jour de la fête du génie de la clarinette.

XIII

A GÆNSBACHER.

Tu croiras, sans doute, très-cher frère, que j'use
de représailles avec toi, après être resté si longtemps sans te répondre. Mais, j'en prends Dieu à
témoin, ce n'est pas le cas; seulement je n'en
avais pas le loisir. Aussi ai-je toutes sortes de choses
à te mander, en réponse à ta dernière lettre que
j'ai reçue à Munich le 31. Tu as bien raison de
penser que les lettres de ceux que j'aime sont la
seule consolation à mes chagrins. Ce qui me soutient encore, c'est la pensée de nos efforts réunis
pour arriver à notre but, de devenir les dignes
soutiens de l'art, et aussi que le lien qui nous
unit devient chaque jour plus fort et plus durable.
Ton existence calme et douce me réjouit du fond
du cœur pour toi-même; mais comme artiste je
désire souvent te voir sortir de ce repos et te
lancer dans le tourbillon du monde. Le frottement
produit des forces nouvelles que ton zèle ardent
entretient. L'espoir que tu me donnes de pouvoir
t'embrasser l'an prochain à Salzbourg restera, je le
conçois, dans le domaine des songes. Je retourne

dans quinze jours à Munich pour y donner un concert, puis je me rendrai à Leipzig, Dresde et Berlin, et y passerai l'hiver. Mon voyage en Suisse a tari ma caisse et dissipé le peu d'argent que j'avais si péniblement gagné. Cependant je ne perds pas courage ; Dieu m'a aidé si souvent qu'il ne m'abandonnera pas.

Je ne trouve pas heureux que la représentation de ton opéra soit retardée. En tout cas informe *le Centre* aussitôt que tu en auras décidé autrement ; de mon côté j'en parlerai à Munich. Je voudrais bien entendre ton *Requiem ;* ce qui m'intéresse surtout, c'est de l'entendre chanter par tes paysans, car si tu en es content avec une telle exécution, c'est que la chose est bonne. Je chercherai à le répandre partout où ce sera possible. Si tu es allé à Eisenstadt, écris-moi de suite et au long, surtout si les choses se sont bien passées, afin que je le mentionne.

Pendant mon voyage, j'ai parlé à l'éditeur Gombart, qui accepte tes conditions. Près de toi il hésite et se plaint ; c'est la façon des éditeurs. Tous agissent ainsi, même les meilleurs. André et Simrock gardent le silence sur tes œuvres comme sur les miennes. Je leur ai écrit récemment que, dès qu'il y aurait quelque chose d'imprimé, je le ferais annoncer.

8

Ce que je t'impose comme un devoir, et en ma
qualité de directeur, c'est de chercher à nouer des
relations avec un bon journal de Vienne; cela est
nécessaire, puisque là nous n'avons pas encore de
notoriété. Tu ne manqueras pas de matière à lui
donner, en faisant des extraits de nos lettres.

Maintenant je reviens au récit de mes faits et
gestes. Le 7 juillet je reçus une lettre de Weber,
où il me mandait qu'on me proposait un engagement à Wiesbade, comme directeur du nouveau
théâtre, avec seize cents florins d'appointements.
J'en fus très-surpris et ne savais à quoi me décider;
j'hésitais à abandonner une tournée si bien commencée, à quitter un chemin qui mène à la gloire
pour aller m'enterrer dans un trou! Le 19, j'écrivis
à l'intendant pour traiter l'affaire. Le 3 je reçus
une très-aimable réponse, dans laquelle on m'as-
surait qu'on serait très-heureux de mon arrivée,
mais qu'on ne pourrait décidément me donner que
mille florins. A ce prix je refusai. J'ai des devoirs
qui m'eussent obligé d'accepter les seize cents florins; mais dans ma situation actuelle je gagne bien
mille florins, et en outre l'honneur et la gloire.

Le 7, il y avait concert à Nymphenbourg, où
Bœrmann joua excellemment mon concerto en *fa*
mineur.

Le roi et la reine en furent très-satisfaits. Le 9,

je partis pour Augsbourg, et le 11 j'étais à Ravens-
bourg en Wurtemberg, où j'attrapai un refroidissement en courant pour une affaire de passe-port
qui me causa bien des ennuis.

Le 15, je me remis en route, visitai le baron
Hoggner, un musicien et mon ami, dans sa villa sur
le lac de Boden, où je passai quelques jours fort
agréables. J'arrivai le 19 à Schaffhouse, où la Société musicale de Suisse se réunit pour donner un
grand concert. On me fit la surprise et la politesse
de me nommer membre honoraire, ce qui m'obligea d'assister à toute la séance, qui m'intéressa
vivement.

Le 22, pendant le concert, tout d'un coup quelqu'un m'embrasse. Qui était-ce? Notre cher frère
Beer; tu peux t'imaginer notre joie. Ses parents
le conduisaient à Strasbourg. Malheureusement le
temps de notre réunion fut court. Le 24, l'un par-
tait pour Constance et l'autre pour Winterthur, où
je le revis quelques heures. Tu penses si nous
avons parlé de toi, toi le plus digne membre du
trio. Le 28, je donnai un concert qui me valut
plus d'applaudissements que d'argent. Tous frais
payés, il me restait seize florins! Le 19, je me
rendis à Zurich, où je retrouvai Nægeli, qui me
parut disposé à éditer quelque chose de toi. J'y
donnai un concert qui me rapporta huit florins!

Comme tu le vois, mon cher frère, ce sont de ces coups faits pour abattre le courage, car nulle part les voyages ne coûtent aussi cher qu'en Suisse.

Le 6, de bonne heure, je fis à pied, en compagnie du pianiste List, l'ascension du Regi et visitai plusieurs autres endroits célèbres. Je vis la chapelle de Tell et le chemin creux où il tua Gessler. Le 7, j'arrivai à Lucerne, où il n'y avait rien à faire. Je passai quatre jours à Solothurn, où j'avais quelque espoir de gain, la diète y étant réunie, mais en vain. Rendu à Berne, je pris le parti, pour n'avoir pas fait un voyage inutile, de parcourir le pays à pied. J'ai vu les glaciers, navigué sur les lacs, visité les grottes, et je songeais au plaisir que j'aurais eu à contempler ces magnificences avec toi! Mais le sort ne le veut pas, chassant l'un vers le sud et l'autre vers le nord. Peut-être pourras-tu venir à Dresde lorsque j'y serai! Ce n'est pas très-loin de Prague. Que t'en semble?

L'idée m'est venue à Zurich d'écrire un petit livre pour les musiciens qui voyagent et une sorte d'appendice à l'histoire de l'art dans le temps présent. Mon plan serait de mettre l'artiste au courant des différentes ressources musicales d'une ville, d'indiquer à qui l'on doit s'adresser, bref, de mettre devant les yeux les moyens toujours très-onéreux de temps et d'argent de se tirer d'affaire. Le livre comprendrait toute l'Allemagne, dans le sens le plus large du mot. Je ferais un aperçu général sur la situation de l'art dans chaque pays et dans chaque ville. Je t'envoie le plan avec les questions, en te priant de me répondre exactement sur Prague. Si tu connaissais quelqu'un à Vienne qui pût s'en charger, cela me serait très-agréable. J'ai déjà un éditeur : la célèbre librairie Orelli et Fuessli à Zurich.

I. PRÉPARATIFS DU CONCERT. Permission. Locaux. Publicité. Souscriptions.

II. LE CONCERT. Le directeur. Orchestre tel qu'il doit être composé. Quelle est la musique la plus goûtée dans la ville. Parties supplémentaires. Quels chanteurs et quels instrumentistes s'y trouvent. Ceux qui sont le plus aimés. Heure du concert. Programme. Quel est le meilleur forte-piano? Quel est l'instrument qu'on y entend le plus rarement?

III. QUESTION DE FINANCES. Quelle est la meilleure saison et le meilleur jour dans la semaine? Les jours de théâtre. Frais. Petits détails. Service. Prix d'entrée. Recettes bonnes, ordinaires ou énormes. Combien de temps il faut pour arranger un concert.

IV. OBSERVATIONS GÉNÉRALES. État de la musique en général. Désigner les amateurs. Maisons et amateurs qui s'y intéressent particulièrement. Ef-

fectif des concerts établis. Liste des artistes qui,
dans les dernières années, y ont donné des concerts.

Dans le cas où tu aurais quelque changement à
me proposer sur ce projet, je te prie de le faire.
Mais ne te presse pas ; tu as pour cela deux ou
trois mois. J'espère que ce petit ouvrage sera inté-
ressant [1].

Ne me laisse pas, cher frère, trop longtemps
sans nouvelles, et adresse tes lettres à Munich chez
Henri Bœrmann, musicien de la chambre. Je ne
reçois plus un mot du papa Vogler, bien que je lui
écrive souvent. Dis-moi si tu es heureux. Adieu,
frère bien-aimé, et n'oublie pas celui qui t'aime
toujours du fond du cœur.

WEBER.

Berne, ce 22 septembre 1811.

[1] Il n'en existe que des fragments avec ce titre : *Notices
de topographie musicale.*

XIV

AMI ET FRÈRE,

Je ne t'écris que quelques lignes, mais j'espère qu'elles te réjouiront. J'ai formé le projet avec Bœrmann, le clarinettiste, un grand artiste, d'aller t'embrasser à Prague vers le commencement de décembre. Tu peux voir par le journal ci-inclus comment mon concert a réussi. Donnes-en un extrait dans le journal de Prague. Un sieur André publie en sus, dans cette ville, un journal hebdomadaire, *le Hesperus,* donne-le aussi à celui-là.

Mon cœur est trop plein et je ne puis plus écrire. Beer et Vogler arrivent aussi ici dans dix jours. Je partirai le 3 décembre, au plus tard. Adieu, très-cher frère, je t'embrasse.

WEBER.

Munich, ce 3 novembre 1811.

Arrange toutes choses afin que nous ayons un bon concert.

XV

Leipzig, le 31 décembre 1811.

Cher frère,

Ne te fâche pas si je ne t'ai pas encore écrit; mais il m'a été impossible de trouver un moment de liberté. Nous sommes arrivés à moitié morts, le 24, à Dresde, par les plus mauvais chemins et par une tempête affreuse. Je me mis d'abord à la recherche du professeur de chant Mieksh ; j'appris que la Cour ne revenait que le 5 janvier et que jusque-là il n'y avait rien à faire. Nous nous décidâmes donc à aller à Leipzig, à Gotha et à Weimar. Nous avons remis ta lettre à l'abbé O'Kelly, et celle pour le pauvre comte Morzin. Tu peux te figurer que nous n'avions pas le temps de prendre haleine. Enfin notre concert est fixé pour le 14, parce que le diable nous a encore mis dans les jambes un chien de pianiste, Muhlenfeld, jeune gamin de Brunswick qui donne son concert le 7. J'ai parlé de toi à Kuhnel, qui se réjouit de savoir quelque chose de notre ami le docteur Lang, auquel je te prie de faire nos compliments.

Kuhnel m'a demandé quelque chose à éditer;

peut-être gravera-t-il la tendre ouverture en *la*
mineur. J'ai parlé de toi et de ton *Requiem* dans *le*
Centre. Tâche que l'on me copie promptement la
partition de *la Silvana*, ainsi que le livret des
deux opéras. Nous restons ici jusqu'au 16, tu peux
m'écrire à l'Hôtel de Bavière où je loge.

Quelle différence il y a entre la vie que nous
menons dans cette ville de marchands de pellete-
ries et Prague! Renvoie-moi donc trois exemplaires du *Journal de Prague* pour voir ce qu'il dit
sur notre concert. Nos sincères salutations à tous,
mais surtout à la maison distinguée dont nous
n'oublierons jamais l'amicale réception, ainsi qu'au
beau monde, à Liebig, au comte Pachta,
Clam, etc., etc.

Vale et me ama toujours.

Ton WEBER.

Et Jœrgel! J'allais l'oublier si près du nouvel
an!!!

XVI

Weimar, le 28 janvier 1812.

TRÈS-CHER FRÈRE,

J'ai reçu ta lettre du 24 et je me hâte d'y répondre, bien que ma lettre de Gotha[1] ne me laisse pas grands détails à te donner.

Notre séjour dans cette résidence était fort agréable; le prince Frédéric et le Duc régnant nous ont pris les mains en nous quittant, m'invitant à passer quelques mois chez lui l'été prochain. Le Duc avait fort envie de me faire directeur du théâtre que l'on va bâtir. Notre concert à la Cour nous a rapporté trente ducats et quelques jolies bagues antiques. La recette de celui de la ville n'a fait que couvrir les frais de notre séjour. Une lettre du Duc et de la Grande-Duchesse nous invitait à jouer demain matin dans les petits appartements. Quant à un concert, il n'y faut pas songer ici dans ce moment. Nous arriverons à Dresde le 2 ou le 3, et de là à Berlin, où je te prie de m'écrire poste restante.

Je te souhaite tout le bonheur possible dans la

---

[1] Cette lettre ne s'est pas retrouvée.

chère ville de Vienne, où je voudrais être près de
toi. Tu as dû voir que j'ai su arranger l'affaire du
journal à Leipzig ; seulement ne sois plus paresseux à l'avenir. Je rappelle à ta mémoire de ne
pas oublier à Vienne mon petit livre destiné aux
artistes en voyage. C'est une bonne occasion pour
m'envoyer la notice sur Vienne. La chose est très-
importante dans cette capitale ; ne néglige donc
rien à ce sujet. Tu peux même prendre quelqu'un
pour t'aider.

Fais une visite à un nommé Xavier Schneider[1],
jeune homme de Lucerne, venu à Vienne pour
étudier la composition, et auquel j'ai parlé de toi.
Informe-toi aussi chez Treitschke de ce que deviennent *Silvana* et *Abu Hassan*.

Que Dieu te donne bonheur et santé.

Éternellement ton frère

WEBER.

---

[1] Schneider de Wartensee, compositeur et professeur à
Francfort, âgé aujourd'hui de plus de quatre-vingts ans, et
ami de Beethoven, bien que celui-ci ne se déterminât pas à
lui donner des leçons.

XVII [1]

Pauvre Jœrgel! Les hommes et les temps deviennent pires de jour en jour, et tu ne pourrais croire comment je me suis brouillé avec le secrétaire du prince. Muller n'est-il donc plus chez les Esterhazy? Je pensais qu'il n'était à Munich qu'en permission.

Ma *Silvana* a donc partout du malheur? Elle ne sera pas donnée au théâtre de Vienne, au dire de Treitschke. Offre à ce dernier *Abu Hassan* pour cinq carolins d'or. Il y a donc aussi une malédiction sur ton opéra. Il faudrait voir à le placer à Manheim. Salieri est un chien comme les autres, je le savais depuis longtemps. Quant à Musje Weigl, je lui souhaite de bon cœur la chute de son opéra.

Ah! laisse-toi aller, âme noble, à l'engagement que te propose la jolie demoiselle, et je t'en louerai hautement. Pense à ma situation.

Nous avons joué deux fois chez la Grande-Duchesse à Weimar et une fois à un concert arrangé pour nous à la Cour, ce qu'on n'avait pas encore

---

[1] Cette lettre, à moitié déchirée sur l'original, est incomplète.

vu. Le 8 février, j'arrivai malade comme un chien
à Dresde, avec un refroidissement qui m'obligea à
garder le lit. Après mille et mille obstacles, nous
donnâmes, le 14, un concert qui réussit très-mé-
diocrement, malgré la grande quantité de recommandations que nous avions. Mais les habitants
sont ici trop pauvres ou trop avares. La maison la
plus agréable fut pour nous celle de Neumann,
dont je dois la connaissance à Yung.

Le 18, nous eûmes l'honneur de jouer dans les
petits appartements du roi, ce qui est un cas fort
rare. On nous donna de jolies tabatières d'or
Le 19, nous partîmes pour Berlin.

On a essayé ici, il y a plusieurs mois, mais une
seule fois sous la direction de Rhigini, ma *Silvana*[1]. Mais ce fut joué si confusément, que tous la
déclarèrent une composition insensée. Aujour-
d'hui l'orchestre est à mes pieds. J'en ai ri, les
choses allant toujours ainsi quand on n'est pas là
ou qu'on n'a pas un ami pour diriger. Je demeure
très-agréablement chez les parents de Beer ; mais,

---

[1] Cet opéra, représenté d'abord sous le titre de *la Fille de
la forêt,* n'est guère connu en France. Seule, mademoiselle
Krauss, dont le grand style et la belle âme révèlent aux habitués du Conservatoire et du Théâtre-Italien les chefs-d'œuvre
de la musique allemande, a fait entendre un fragment de
Silvana dans un concert.

en somme, je ne me plais pas ici. Les hommes y sont froids, ayant bon estomac mais peu de cœur, véritables âmes de censeurs, critiquant toutes choses.

Meyerbeer est actuellement à Wurzbourg; il doit être sous peu de jours à Munich pour y mettre en scène son opéra *Jephta*[1]. J'ai été sur le point de me brouiller avec cet excellent garçon, à cause de son insouciance et de sa négligence en affaires. J'ai été obligé de lui écrire sévèrement, ce que le jeune monsieur a très-mal pris. J'espère que tout est maintenant rentré dans l'état normal.

Ne m'oublie pas près de tes chers hôtes, près du comte Clam, dont les lunettes ne quittent pas mon nez depuis Prague, près du comte Pachta, de Tomaschek. Je regrette que madame Breda aille à Vienne; ne m'oublie pas près d'elle et près de madame Lœran.

Maintenant un point; je m'arrête.

Ton frère qui t'aime toujours,

WEBER.

Berlin, ce 20 mars 1812.
Rue de Spandau, n° 72.

---

[1] *Jephta* ou *la Fille de Jephté*, ouvrage dramatique en trois actes, représenté pour la première fois à Munich, ne réussit pas. Meyerbeer n'avait alors que dix-huit ans.

XVIII

TRÈS-CHER FRÈRE,

Ton long silence m'inquiète. Cependant tu as
dû recevoir ma lettre du 20, où je t'annonçais que
Silvana était *acceptée*. Aujourd'hui c'est une
triste circonstance qui me met la plume à la main,
et je viens déverser tout mon chagrin dans le cœur
d'un ami. Avant-hier j'ai su par Gottfried la triste
nouvelle que mon cher vieux père était décédé et
qu'il pensait encore à moi à ses derniers moments.
Bien que je dusse m'attendre à cet événement,
mon père étant un vieillard de soixante-dix-huit
ans, j'en suis encore tout saisi. Pardonne donc
au décousu de ma lettre.

Dis-moi qui a payé les copies et tire une traite
sur moi. Comme la copie coûte moins cher à Prague qu'ici, fais copier les deux opéras avec leurs
livrets. Le 25, nous avons donné notre second et
dernier concert à Berlin. Il réussit mal et ne paya
pas beaucoup au delà des frais. Les circonstances
en furent là cause. La veille, on avait annoncé
l'arrivée des troupes françaises, et on demandait
un emprunt de deux millions aux marchands. En
outre, le soir même du concert, il faisait un vrai

temps de chien. Le 28, j'accompagnai Bærmann jusqu'à Potsdam, où je me séparai de cette bonne âme. Nous avions vécu presque un an sous le même toit. Mon séjour ici s'allonge parce que je ne veux pas partir avant la représentation de *Silvana*. Beer doit être à Munich. Vogler l'a retenu à Wurzbourg, où il a donné trois concerts avec l'orgue. Ses parents se donnent toute la peine possible pour me rendre Berlin agréable, et ma musique devient à la mode. Weber m'écrit qu'il va bientôt donner son *Requiem*[1]. Que fais-tu de nouveau? Je cherche un sujet et un livret d'opéra.

Toutes choses imaginables à la famille du comte Firmian.

Ton fidèle frère

WEBER.

Berlin, le 25 avril 1812.

---

[1] Gottfield Weber, né en Bavière en 1779, compositeur et surtout critique musical distingué, a laissé un grand nombre d'écrits sur la musique.

XIX

TRÈS-CHER FRÈRE,

C'est à ma plus grande joie que j'ai reçu ta lettre du 8, qui fut pour moi un véritable baume, croyant déjà à un malheur. Oui, cher frère, voilà que nous allons nous trouver seuls, resserrons donc notre alliance. Ton histoire de cœur m'intéresse vivement. Reçois mes vœux les plus cordiaux pour ton jour de naissance et dis-moi ce qui l'a rendu si amer. Les douleurs partagées semblent moins lourdes, et tu ne dois pas douter de mon intérêt et de la part que je prends à tes affaires. Quelle belle perspective tu m'ouvres pour l'hiver prochain! Que nous causerons et que nous travaillerons bien ensemble!

Je te remercie des notes sur Vienne, bien qu'elles soient incomplètes. J'y ajouterai moi-même, lorsque j'y serai. Combien je me réjouis que l'ouverture de ton opéra ait plu! On doit voir que partout nous fournissons notre homme. Je loue beaucoup ton activité pour répandre tes travaux. Hier, à neuf heures, j'ai fait monter vers le ciel une prière pour toi. Écris-moi longuement sur la représentation de ton opéra, afin que je le puisse louer dans les journaux. N'oublie pas non plus de te maintenir en relations avec le *Journal élégant*. Salue de ma part Tomaschek [1], et dis à Wittasch que je ne l'avais pas oublié et qu'il peut compter prochainement sur quelque chose de moi. Tes visées sur Wurzbourg, à l'égard de tes compositions, sont bonnes ; car là on paye convenablement et argent comptant, ce qui est une bonne chose.

Je reçois les plus magnifiques lettres de Gotha, où l'on m'attend avec impatience et où j'irai, dès que ma *Silvana* aura été jouée. Cette représentation tire en longueur. Je crois t'avoir mandé que Rhigini avait monté une cabale et qu'il avait quitté l'Opéra en disant que l'œuvre n'était pas exécutable. Enfin, le 11 de ce mois, avait lieu une répétition que je dirigeais moi-même. L'orchestre m'aimant beaucoup, tout alla aussi bien que si on l'eût répété dix fois. Tous furent grandement surpris et ne reconnurent plus la musique. Aussi j'espère que la représentation ne rencontrera plus d'obstacles. Cette affaire m'irrite beaucoup, comme tu peux le penser. Je me plais d'ailleurs ici, où l'on me témoigne beaucoup de respect. Envoie-moi donc quelque fragment de tes messes

---

[1] Compositeur et professeur, né en Bohême en 1774.

et autres compositions, de celles que l'on pourrait
chanter à quatre voix au piano, afin que je puisse
te faire connaître, ici. Plusieurs des quatuors de
Gottfried ont déjà été chantés. C'est après-demain
la fête du vieux Beer, à l'occasion de laquelle j'ai
composé une bagatelle.

Adieu, cher frère, salue tout le monde, surtout
Yung et tes hôtes. Écris promptement à ton frère,
qui t'aime toujours.

WEBER.

Berlin, le 16 mai 1812.

XX

CHER FRÈRE,

Ne te fâche pas si je ne t'ai pas répondu depuis si longtemps, mais les répétitions de mon opéra prenaient tous mes instants. Je viens t'en annoncer le succès, qui est aussi brillant qu'on peut le désirer. J'ai fini par triompher de toutes les cabales. C'est le 10 qu'il a été donné pour la première fois et aujourd'hui qu'a lieu la seconde représentation. Je dirigeais moi-même l'orchestre. Après chaque acte les musiciens et le public criaient : Bravo, Weber! L'exécution fut excellente, chanteurs et orchestre rivalisèrent de zèle et de perfection.

J'ai donné à Schnabel [1] la liste de tes compositions; il s'arrangera pour la vente et m'écrira ce qu'on en offre.... J'ai reçu des lettres de Liebig et de Victorine, et me décide à passer les mois d'août et de septembre à Gotha et d'aller en octobre à Prague. Combien tu me réjouis en me donnant l'espoir de t'embrasser et de passer quelques mois avec toi! Si tu me prenais pour aller à Munich? Bærmann

---

[1] Schnabel, maître de chapelle de la cathédrale de Breslau.

sera bien heureux lorsqu'il te saura dans cette
ville. Vogler et Beer y resteront probablement encore trois ou quatre mois. Beer a déjà joué plusieurs fois chez la reine, et il est certain de l'exécution de son opéra. Dieu soit béni! tout réussit
et fleurit pour le moment et fait espérer de riches
récoltes. Je m'occuperai des annonces pour ton
Requiem dans le *Journal élégant.....* J'ai reçu de
Rochlitz le texte d'une cantate qui sera chantée à
Leipzig pour la première fois.

N'oublie pas ton frère fidèle.

WEBER.

Berlin, le 14 juillet 1812.

XXI

CHER FRÈRE !

Cette lettre n'a d'autre but que de te présenter
le sieur Spohr et son épouse. Dans une autre lettre
je te donnerai plus de détails sur le bon Spohr,
que je te recommande de tout cœur. Fais pour lui
tout ce que tu pourras. Introduis-le partout.

Ton frère fidèle,

WEBER.

Gotha, 12 octobre 1812.

XXII[1]

[1] Cette lettre est sans intérêt.

XXIII

Vienne, le 2 avril 1813.

TRÈS-CHER FRÈRE,

Je me hâte de t'écrire quelques mots. J'arrivai heureusement lundi, à huit heures et demie du matin, à Vienne. Je cherchai papa Vogler, mais je ne le trouvai que mercredi. Il ressentit une grande joie et te salue cordialement. Demain je dîne chez lui et lui porterai de l'argent.

Les choses se sont passées avec Beer de façon que je l'ai traité avec mon ancienne affection et sans faire d'allusions au passé. Aussi n'a-t-il jusqu'ici pas dit un mot de notre désaccord. Nous sommes donc comme autrefois, en apparence, mais la confiance a disparu en moi. Bærmann et surtout Vogler se plaignent beaucoup de lui. Son orgueil, sa vanité et sa susceptibilité, qui sont également grands, éloignent chacun de lui[1]. Il prétend n'avoir pas reçu la lettre que je lui avais envoyée par Weber; mais lors même qu'il l'aurait reçue, je crois qu'il ferait l'ignorant à ce sujet.

[1] Meyerbeer avait alors à Vienne les plus grands succès comme pianiste.

Je suis bien reçu partout. Tu me manques dans chaque endroit, et lorsque la porte s'ouvre, j'espère toujours te voir entrer..... Il est probable que mon concert sera reculé. Comment marche ton Ouverture ? J'ai entendu *Figaro* dans le théâtre *an der Wien*, la *Vestale,* dans le Kænthner-Theatre, et *Orphée et Eurydice* dans le Kasperl.

Adieu donc, je t'embrasse tendrement. Écris bientôt à ton plus fidèle frère.

WEBER.

Rue du Kœrntner, n° 1080, au troisième étage.

XXIV

MON PLUS CHER FRÈRE,

..... Je te félicite de l'achèvement de ton Ouverture et me réjouis de l'entendre. Les *Sept Paroles* de Joseph Haydn n'ont donc pas été divinement exécutées ? Cela me fait de la peine. Combien je voudrais être près de toi et t'aider à moduler sur tous les tons, tels que *fa* majeur, *ut* et *ré* mineurs. Prends garde et observe bien la « résolution » des dissonances.

Rhode [1] est ici et arrivera dans quelques jours à Prague. Je dois t'avouer que je ne me plais pas beaucoup ici. Toute la racaille à laquelle je suis recommandé ne s'occupe pas du tout de moi, et tu sais que je ne suis pas homme à faire beaucoup de visites. Je suis curieux de savoir comment marchera mon concert. Je n'ai joué qu'une fois dans le monde, et là seulement les variations avec Bærmann, qui allèrent bien. Mais qu'est-ce que cela ?

Tu es désireux de connaître le journal de ma vie. Il est, en vérité, très-maigre, et en trois mots

[1] Le célèbre violoniste était revenu de Russie l'automne précédent.

je puis tr dire ce que je fais, un jour comme l'autre. De sept à onze heures ma maison ressemble à un colombier, d'où l'on sort et où l'on rentre à chaque instant. Je commence alors à rendre des visites jusqu'à deux heures; puis je me mets à table jusqu'à quatre heures environ. Les visites recommencent jusqu'à l'heure du théâtre. Lorsque je ne vais pas dans le monde, je rentre chez moi pour travailler.

Je trouve presque toutes choses au-dessous de l'idée que je m'en étais faite; les grandes lumières deviennent très-petites lorsqu'on les voit de près. Moscheles, Hummel, Kruft, etc. [1], tous ne sont que des étoiles de grandeur honnête, mais ordinaire.

Jusqu'ici j'ai entendu : le 4, un *concerto* de Mayseder, ouvrage bien fait, mais qui laisse froid; le 6, le *Titus* d'Harlas, très-réussi comme d'habitude; le 8, *David,* nouvel opéra de Liverati, digne de décrotter les bottes de Spontini et né pour jouer de la trompette. Le premier acte est assez bon, le second on ne peut plus ennuyeux; le reste m'a beaucoup plu. Le 9, concert d'orgue

---

[1] M. Nohl suppose que Weber n'était point encore à cette époque entré en relation avec Beethoven, ou bien qu'il fut retenu par son maître Vogler, ou par la crainte des critiques du *Journal du matin.*

du papa, dans lequel Beer et moi nous figurons.
Il y avait de bonnes choses, beaucoup d'autres
qu'on aurait pu laisser de côté, et trois cents
auditeurs à trois florins. Les applaudissements
allaient tout doucement. Il annonce encore quelques concerts. Du reste, c'est toujours le même
homme, ainsi que M. Steiner, l'éditeur de musique.

Le 10, je parlai à Palfy [1], qui me reçut d'une
façon très-gracieuse, et qui me fit promettre de lui
envoyer tout ce que j'avais écrit pour le théâtre.
Le 12, on donna les *Saisons* au théâtre de Kærn-
thner, avec deux cents musiciens, mais sans grand
effet. Le 13, jour de naissance de Bærmann, où
l'on pensa bien à toi. Beer et moi nous lui fîmes
la surprise de chacun un quintette ; puis nous
fûmes dîner à Schœnbrunn. Le soir, c'était le concert de Clément [2] à Leopoldstadt. C'était plein. Il
joua très-bien. C'est de l'ancienne école, toutefois
très-correcte. Le 14, j'ai fait la connaissance de
M. Mosel et entendu jouer sa femme. Le 15, je vis
le prince Lobkowitz. Aujourd'hui enfin, les *Sept*

---

[1] Le comte Palfy avait, avec Esterhazy et Lobkowitz, depuis 1807, la direction du théâtre de Vienne. (*Note de
M. Nohl.*)

[2] Clément, violoniste distingué, né à Vienne en 1784, et
qu'il ne faut pas confondre avec Clémenti.

Paroles dans l'église Saint-Pierre, et le soir le *Stabat Mater* de Pergolèse.

Je n'ai pas encore vu ton amie et très-honorée comtesse; c'est une vraie malédiction; impossible de la rencontrer chez elle.

J'ai acheté deux excellents instruments, l'un de Streicher, l'autre de Brodmann. Dans un jour, j'en ai vu cinquante différents, de Schanz, de Walter, de Wachtl, etc.[1], qui tous ne valent pas une charge de poudre, comparés aux miens. J'ai parlé à Treitschke de ton opéra. Il prétend qu'il le donnerait prochainement, s'il voyait la possibilité de le faire bien exécuter, condition nécessaire pour qu'il fasse de l'effet. . . . . .

. . . .

. . . .

De Gottfried, je n'entends et ne vois rien, bien qu'il ait à me répondre sur des choses importantes. Avec Beer, je suis toujours en apparence sur l'ancien pied; mais l'ancienne et entière confiance ne veut pas revenir. Cela tient à mille causes différentes, trop compliquées pour te les mander.

Y a-t-il longtemps que tu n'as été chez Wenzels? M'as-tu excusé de ne lui avoir pas dit adieu, et sais-tu ce que fait C...? Les rédacteurs de journaux gisent à

[1] Ces deux facteurs avaient commencé à perfectionner leurs instruments pour satisfaire aux exigences de Beethoven.

moitié morts à mes pieds, et j'espère que, malgré mon court séjour ici, il se sera fait assez de
bruit pour me faire connaître en Autriche. En matière politique, je ne puis t'écrire rien de nouveau,
puisque vous êtes encore plus près que nous des
événements.

.   .   .   .

Ton invariable

WEBER.

Vienne, ce 16 avril 1813.

XXV

CHER FRÈRE,

..... Les préparatifs de mon concert marchent
lentement. Le 18, on en a donné un pour les
pauvres, où Bærmann a joué le *concerto* en *mi bémol*, et Moscheles l'ennuyeux *concerto* de Hummel.
Le 19, j'ai enfin entendu *Salem*[1] dont l'idée est

---

[1] *Salem*, oratorio d'Ignace de Mosel.

bonne, mais dont l'exécution est d'une faible invention ; c'est cependant d'un excellent critique. Le 20, on donnait *la Flûte enchantée*. Forti Sarastro est médiocre ; Wild, au contraire, est très-bon. Le 21, Kanne me rendit visite et me parla de ses opéras [1].

Mon *Abu Hassan* sera donné dans quelques semaines.....

Adieu. Ton frère, qui t'aime invariablement,

WEBER.

Vienne, le 22 avril 1813.

Salut à tous. Gyrowetz [2] n'a écrit qu'un seul air dans la *Vestale*.

---

[1] Frédéric-Auguste Kanne fut d'abord théologien, puis médecin, et enfin compositeur. Il a laissé, entre autres compositions, douze opéras pour le théâtre de Vienne, mais d'une médiocre valeur. Plus tard il s'occupa de critique musicale, et se fit remarquer par de nombreuses polémiques avec Beethoven, dont il était l'ami. (*Note de M. Nohl.*)

[2] Gyrowetz fut l'un des compositeurs les plus féconds de l'Allemagne. La phrase de Weber donnerait à penser que pendant le séjour de Gyrowetz à Paris, il aurait écrit l'un des airs de *la Vestale*. Je n'ai vu ce fait reproduit nulle part.

XXVI

A IGNACE DE MOSEL.

Très-honoré ami,

Votre amical souvenir m'a réjoui du fond du cœur, et je vous prie de m'excuser si je suis forcé de recourir à la main d'un autre. Avec quel plaisir j'eusse assisté à l'exécution de *Salem,* dont vous étiez vous-même si content ! J'espère me dédommager en l'étudiant, et j'en apprécierai de cette sorte les beautés en détail. Le concours de M. de Collin et celui de madame de Pichler étaient bien dus à votre œuvre distinguée, et on peut vous souhaiter avec juste raison un bon livret d'opéra, chose fort difficile à rencontrer.

Vos bonnes manifestations très-inattendues sur *Abu Hassan* m'ont infiniment réjoui et ému ; car si les bravos du public sont le but que nous voulons atteindre, on n'est véritablement encouragé et récompensé que par les applaudissements de ceux qui peuvent vous comprendre tout à fait.

On a donc encore une fois envoyé le pauvre Hummel à la (*sic*) Wien ! Vous ne devriez véritablement pas laisser passer le fait sans le dénoncer. Je vous prie d'aller vers M. le comte Dietrichstein[1] et de le remercier de l'intérêt qu'il a bien voulu prendre à mon travail. L'ami Liebig joue pour la première fois aujourd'hui à la cour. On attend toutes les heures Iffland. La musique se trouve encore plongée dans le sommeil de la mort; j'y éprouve un vrai dégoût, ce qui vient probablement de ce que je m'en occupais dans le délire de la fièvre.....

Agréez, très-honoré ami, l'assurance de ma considération la plus distinguée avec laquelle j'ai l'honneur d'être,

Votre ami et véritable admirateur,

CH. M. DE WEBER.

Prague, le 3 juin 1813.

[1] Le comte Dietrichstein était directeur de la musique à la Cour.

XXVII

A GÆNSBACHER.

CHER VIEUX HANS,

..... J'ai reçu à un court intervalle deux lettres
de Vogler, dans lesquelles il me demande de fixer
le prix de son *Samori* et de l'envoyer sur-le-
champ à Vienne. Tu sais que les choses ne vont
pas si vite; et d'ailleurs comment puis-je fixer le
prix? Ce sont des commissions fatales, je lui en
écris aujourd'hui. Il voulait aussi que je fisse insérer dans le *Journal de Prague* ce que tu m'as
envoyé sur son *concerto* pour orgue. Je suis bien
aise qu'il ait pu faire la comparaison avec Munich, et je doute, comme toi, qu'on lui fasse de
grandes avances. Cela me fait mal de voir de telles
taches dans un si grand esprit. Il se plaint continuellement de Beer, qui est un négligent, ne res-
pectant aucune situation.

Mon orchestre plie peu à peu sous mon sceptre
de fer [1].

---

[1] Il se plaignait dans une lettre de son orchestre, fort re-
belle, disait-il.

Il est probable que nous allons perdre les deux Krals, ce qui ne me fera pas perdre la tête.

Que faut-il penser des femmes? Avec de légères variations c'est toujours le même thème, et tu sais ce que je pense de cette mélodie dans le fond...

La Grünbaum fait fureur à Vienne; le 9 août, ils reviennent ici. Meyerbeer m'écrit qu'elle s'est tournée contre moi. Qu'elle est sotte de dire de telles choses! Si je n'étais pas un vrai mouton, je pourrais bien m'en venger.

Ma camériste épousait hier le chef des écuries du comte Czernin. J'aime mieux que ce soit lui que moi! J'apprends le bohême, et si bien, que lorsque tu viendras j'aurai désappris l'allemand.

..... Tu trouveras ici une masse de jolies filles dans le corps de ballet, ainsi que le poëte Tieck, auquel je dois mainte heure agréable et instructive. Peut-être me fera-t-il un livret d'opéra...

Vale et me ama.

Ton frère le plus fidèle jusqu'à la mort,

WEBER.

Prague, le 28 juin 1813.

XXVIII

Prague, le 7 septembre 1813.

CHER HANS,

Je t'écris en toute hâte ces quelques lignes que ton honorée comtesse m'a permis d'ajouter...

Hier on a exécuté pour la première fois le *Cortès* de Spontini. Cet opéra a bien marché; il a plu autant que quelque chose puisse plaire à ces âmes froides. L'orchestre et les chœurs ont fait tout leur possible, et j'en suis très-satisfait. L'Ouverture fut couverte d'applaudissements, et l'on me fit aussi cet honneur après le premier acte.

..... J'ai donné mardi un concert pour les pauvres blessés dont notre ville est remplie. J'espère par là fournir l'occasion à la haute noblesse de montrer sa libéralité et sa bienfaisance.....

Adieu, cher frère, et qu'un ange gardien veille toujours autour de toi et conserve ta chère santé et ta vie.

Ton frère qui t'aime toujours,

WEBER.

XXIX

TRÈS-HONORÉE MADEMOISELLE (*sic*),

C'est avec beaucoup de plaisir que j'ai reçu votre lettre, et je me hâte d'y répondre. La direction du Théâtre royal de Prague vous offre un engagement de première chanteuse pour les « rôles à caractère ». Ce contrat, valable pour un an, sera prolongé de deux ans si, après vos débuts, votre succès est incontestable ; autrement, il ne vaudrait que pour un an, en vous en avisant six mois à l'avance.

La direction vous accorde un congé annuel de deux mille florins, payables par mois, et un « bénéfice » éventuel, garanti par mille florins qui vous seraient comptés dans tous les cas. Les « bénéfices » dépassent toujours cette somme. Ces trois mille florins s'élèvent donc plus haut que les chiffres fixés par vous.

Le contrat sera signé par deux membres du comité, comme il est d'usage ici. Jusque-là vous pouvez considérer cette lettre comme ayant la valeur d'un contrat. Pour ne pas retarder votre départ par un échange inutile de lettres, la direction vous envoie ci-joint douze carolins pour frais de voyage et autant comme avance.

Les costumes, à l'exception de ceux qui viennent de France, sont fournis par le théâtre [1].

Les expressions flatteuses dont vous m'honorez me donnent l'espoir que vous accepterez nos propositions. Je suis convaincu que non-seulement vous ne regretterez pas votre décision, mais qu'encore vous donnerez tout votre concours à une Société artistique dont le but élevé se poursuit en parfaite harmonie. Liebig est un homme dont la justice et la bonté sont généralement reconnues, et sa manière d'agir en a fait le père et l'ami de ses subordonnés.

En attendant une prompte réponse, j'ai l'honneur d'être, Mademoiselle,

Votre dévoué serviteur,

C. M. de WEBER,
Maître de chapelle.

Prague, le 29 janvier 1814.

A mademoiselle Suzette Bach, chanteuse
et artiste dramatique, à Augsbourg.

---

[1] On entendait, je crois, par là, la toilette de ville que les élégantes et les artistes à la mode faisaient venir de Paris alors comme aujourd'hui.

10

XXX

A GÆNSBACHER.

Prague, 5 mars 1814.

Très-aimé et très-cher vieux Hans,

Insulte-moi, fais du bruit, emporte-toi, appelle-
moi chien, tout ce que tu voudras, crois tout, ex-
cepté que j'ai pu un instant t'oublier et ne pas
m'attacher à toi d'une ancienne et bien vive affection, qui ne finira qu'avec ma vie. Mon long
silence n'a d'autre motif que je n'avais réellement
pas le temps de t'écrire, ne le voulant pas faire
en quelques lignes. C'est ce qui t'expliquera que
ma lettre a toujours été remise au lendemain. Tu
sais comment les choses vont. Avec le plus grand
intérêt, j'ai suivi par la pensée toutes tes entreprises, et me suis réjoui de tout cœur de ta nomination [1]. Comment as-tu pu croire que je blâmais
ta manière d'agir? Ne te l'avais-je pas conseillée
moi-même, bien qu'avec un triste cœur? Je me
trouve si seul et dans une disposition d'esprit si

---

[1] Gænsbacher était devenu premier lieutenant dans l'armée
autrichienne, aux chasseurs tyroliens. (*Note de M. Nohl.*)

triste, que mes grandes occupations sont un vrai
bonheur pour moi. J'ai répondu à Gottfried qui
m'avait écrit, ne comprenant, lui aussi, rien à
mon silence. Je suis réellement devenu un garçon
insupportable, me renfermant dans ma tristesse.
Achever un travail ne m'est pas possible . . . . .

Ce que j'ai exécuté le voici : En fait d'opéras,
j'ai mis à l'étude : 1° *Cortès;* 2° *l'Aubergiste de
qualité;* 3° *Joseph;* 4° *la Vestale;* 5° *le Porteur
d'eau;* 6° *Uthal;* 7° *Faniska;* 8° *les Lots de la
loterie;* 9° *Carlo Fioras;* 10° *Cendrillon;*
11° *Jean de Paris;* 12° *Don Juan;* 13° *la Chanteuse de village;* 14° *Adolphe et Clara;* 15° *les
Domestiques;* 16° *les Métamorphoses;* 17° *Sar-
gines;* 18° *Titus.*

Le 25 décembre, je donnai au théâtre, pour l'association des veuves, l'oratorio *Dieu et la Nature,*
de Meyerbeer. Je l'avais fait répéter à satiété; et
tout alla bien. Mon pauvre et excellent ténor Mohr-
hard est mort à la suite d'une fièvre nerveuse, et
j'ai fait exécuter pour lui le 25 février, à neuf
heures, ton *Requiem.* Il alla bien. J'étais en esprit
près de toi; c'est un excellent ouvrage, monsieur
mon frère, et je devrais bien t'embrasser pour
cela. Le 28 février, je donnai *la Création* pour
les pauvres. L'exécution en fut excellente, et le
cœur te sauterait de joie dans la poitrine si tu en-

tendais maintenant mon orchestre. Feu, puissance et délicatesse, il a tout cela ; et cette jouissance est ma seule joie. Du reste, je vis comme un chien. Immédiatement après le théâtre, je rentre chez moi, ne trouvant pas une âme s'occupant d'art et avec qui je puisse en causer.

Silvana a été donnée à Weimar avec succès, les 16 et 19 février, à l'occasion de la fête de la Grande-Duchesse.

J'ai donné le *Don Juan* à mon bénéfice, avec une recette de douze cents florins, qui de suite ont été se promener à Stuttgard. J'espère être bientôt débarrassé de cette charge, et travailler enfin pour moi...

Cet été j'ai fait exécuter, dans le jardin de Wallenstein, le *Te Deum* de Weber. Je copierai ta *Kreutzfahrer*-Ouverture et l'enverrai à Manheim. Tu vis dans le tumulte de la guerre et tu sacrifies encore aux Muses. Moi qui vis à leur service, je me chamaille tout le jour avec elles et ne fais rien.

Le 4 avril je donne un concert, dans lequel je ne ferai entendre que des compositeurs bohêmes, quelques morceaux de Tomaschek, de Wittasch, de Weber, quelques bagatelles de Vogler et de Gluck, mais de moi, rien. Figure-toi que Polawsky épouse la Schechtizky. Quand tu reviendras, tu trouveras deux jolies demoiselles de plus au théâtre :

mademoiselle Brandt [1] et mademoiselle Bach.

. . . .

Je te tends de loin une main fraternelle, jusqu'à ce que le sort te réunisse de nouveau à ton frère qui t'aimera toujours.

WEBER.

[1] Mademoiselle Brandt qui devint plus tard la femme de Weber.

XXXI

MON CHER FRÈRE,

Ce n'est pas bien à toi de nous oublier complè-
tement, et de nous laisser dans cette douloureuse
incertitude sur ton sort. En vain j'attendais de tes
nouvelles depuis le 5 mars, époque à laquelle je
t'ai adressé une lettre à Trieste. Tant que les Firmian ont été ici, j'espérais un peu; mais depuis,
je n'attends plus rien. Je t'envoie ces quelques
lignes au hasard, à travers le monde, pressé par
une triste circonstance. Hier, le facteur d'orgues
Reiner, de Darmstadt, m'annonçait que le 6, vers
quatre heures et demie du matin, notre cher maître
Vogler mourait subitement. Je n'ai pas besoin de
te dépeindre ma douleur! Que ses cendres repo-
sent en paix; il vivra éternellement dans nos
cœurs! — Pourvu que ses ouvrages ne soient pas
dispersés et qu'il ait fait l'un de nous son héritier!
En tout cas, j'écris à l'instant à Reiner, afin qu'il
me réserve le buste de Vogler, pour lequel nous
avons fait faire un piédestal. Je voudrais te parler
d'autre chose, mais mon cœur est trop plein. Ma
santé est encore chancelante, car j'avais, il y a six
semaines, une éruption qui m'empêcha de me ren-

dre le 4 avril à mon académie, ce qui tombait bien
mal. Aussi me suis-je décidé à profiter de mon
congé, pour faire un voyage à Gotha, à Leipzig, à
Liebwerda et à Berlin. Je compte beaucoup sur
cette distraction, qui me donnera, peut-être, le
désir et la force de travailler. Ma vie ici est trop
misérable, trop triste, n'ayant pas une âme qui
prenne part à ma peine.

Les Yung te saluent et vont bien; ils se plaignent également de ton silence. Le 30 avril, pour
la soirée de la veille de la fête de Yung, nous avons
joué la sérénade en *ut*, que j'entendais pour la première fois et qui me plaît beaucoup. Tu vivais en
mon âme; je me berçais dans le souvenir et songeais combien je serais heureux si tu étais près de
moi. Tranquillise-moi, avec deux mots, sur ton
sort, sur tes plans et sur ta vie. Si rien ne m'en
empêche, je partirai le 1er juin et resterai absent
jusqu'à la fin d'août. Je te prie donc de m'adresser
ta réponse chez Ballabene, qui me renverra mes
lettres.....

Maintenant je n'ai plus que de l'ancien à te
raconter, c'est que je t'aime du fond de mon cœur
et suis ton frère fidèle.

WEBER.

Prague, ce 13 mai 1814.

XXXII

TRÈS-CHER FRÈRE,

Je puis donc enfin répondre à tes excellentes lettres du 1er et du 31, que j'ai reçues à Prague le 18 juin. Jusqu'ici mes affaires et mon inquiétude ne me l'avaient pas permis. Chaque jour j'étais sur le point de partir, et il arrivait toujours quelque obstacle. Enfin, après avoir assisté à la fête de la Paix, et vu les illuminations des 6 et 7 juillet, j'entrepris mon voyage le 8 à minuit. J'arrivai ici le 10. Je vais rester dans le plus grand repos, soigner ma santé, et enfin travailler un peu pour moi-même.

Mesdames Liebig et Allram, qui sont venues ici avec moi, sont les seules personnes que je fréquente. Tout le temps que je ne passe pas au bain, à la fontaine ou à la promenade, s'écoule dans ma chambrette devant mon écritoire. Tu le croiras à peine, si je te dis que j'ai quitté Prague avec regret; mais tu le comprendras vite lorsque tu sauras que j'y ai laissé un être bien cher, qui, s'il n'appartenait pas au sexe le plus rusé, pourrait me rendre heureux et joyeux. Il me semble qu'elle m'aime véritablement! Du reste, ne crains pas que

je m'aveugle et que mes expériences antérieures
ne m'aient pas rendu circonspect et méfiant. Je
vais voir maintenant ce que cet être devient, et
s'il ne change pas de couleur. Cette absence de
trois mois me fournit une excellente occasion d'en
faire l'épreuve. Mais je raisonne comme si tu savais
de qui je parle. Sache donc que c'est mademoiselle Caroline Brandt que j'aime de tout mon cœur;
aussi je prie Dieu chaque jour qu'il la fasse un
peu meilleure que les autres femmes.

Tu penses si c'est là pour Kræhwinkel un bon
os à ronger. Ils m'ont déjà marié cent fois, mais
cela ne me fait rien. Tu connais mes principes et
ma manière de voir à ce sujet. C'est vraiment une
dure nécessité d'être contraint de sacrifier l'homme
à l'artiste. Mais il en est ainsi; on ne peut faire
deux choses à la fois, et d'ailleurs je hais de les
faire à moitié.....

En voilà assez sur moi. Je vois avec plaisir que
tu commences à vivre comme un homme, et à abandonner une chimère funeste à ton existence qu'elle
abrégerait, en diminuant l'art et tes amis.   .   .

Ta résolution de rester à ton corps me remplit
de joie. Il serait très-fâcheux de quitter une carrière si bien commencée, pour te confiner dans
une existence tourmentée et regarder dans le bleu.
En temps de paix, il te restera assez de loisirs

pour te consacrer à l'art et agir selon tes goûts.
Ainsi, au nom de Dieu, reste à l'armée. Ton bien
et ton honneur me sont tellement sacrés, que je
préférerais le malheur de te perdre tout à fait que
de te voir les compromettre.   .   .   .   .   .   .

Que tu as bien réussi dans ton morceau d'orgue
en l'honneur de notre cher abbé Vogler! De Meyerbeer pas de lettre, bien que je lui aie demandé des
détails sur son opéra. Il en écrit un nouveau pour
Vienne.

Madame Liebig t'envoie mille souvenirs. On
attend le comte Clam vers la fin du mois. *Addio,
senza addio!*

Ton frère, WEBER.

Bad Liebwerda, près Re chenberg (Bohême),
  le 15 juillet 1814.

XXXIII

MON CHER FRÈRE,

. . . .

Le 18 nous retournions à Gotha, et le soir même il y avait concert à la cour. J'y jouai, et le 19 aussi. Je partis après pour Altenbourg, où je donnai un concert le 23. Le 25, j'arrivais heureusement à Prague.

Je ne serais peut-être pas revenu si promptement, ma permission étant valable jusqu'au 8 octobre, si Liebig ne m'avait pas tour à tour mis au ciel et en enfer. Puis Michel Termin est fort utile pour la rédaction du contrat.. Je lui sacrifiai donc mon concert de Leipzig que j'avais fixé au 4 octobre, et qui probablement eût bien réussi. Je doute fort qu'il le reconnaisse jamais. Mais j'ai, du moins, la certitude d'avoir rempli mon devoir jusqu'au bout. Pendant mon absence les choses allaient très-mal ici. Autant Clément est bon violoniste, autant il est mauvais directeur... Rien de changé du reste; tout le monde est à Vienne en ce moment ou à la campagne. La Pepi est arrivée hier, je la verrai aujourd'hui ou demain.....

Revenons maintenant à ta lettre. Ton existence actuelle ne peut donc plus te convenir du tout? Je le crois volontiers; mais cite-moi donc une carrière qui n'ait des inconvénients aussi grands? L'artiste n'est-il pas l'être le plus tourmenté et le plus accablé? Que veux-tu faire? Te nourrir de compositions? ou, comme une bête de somme, tourner en rond dans un moulin, en faisant l'éducation d'un enfant ou en donnant des leçons? Dans le premier cas, tu vivras maigrement, parce que les éditeurs te payeront mal, toi surtout qui ne fais pas la besogne à l'aune. Dans le second cas, le dégoût s'emparera de toi avant un an, comme à l'heure présente, et tu seras de nouveau malheureux.....

Songe bien à ce que tu fais, mon très-cher et très-aimé frère. Dans ta position actuelle, il te reste assez de loisir pour te livrer à la composition, en même temps que tu as une situation honorable dans le monde. Tu n'es pas fait pour passer les heures dans ta silencieuse chambrette de Botzen; cela peut aller quelques semaines, quelques mois, mais bientôt l'esprit du monde reparaît avec une force triplée, et te pousse de nouveau dans le hasard des tourbillons. Ainsi ne te décide qu'avec sang-froid et après avoir mûrement réfléchi. Tu sais que, quoi que tu fasses, la main fidèle et le cœur de ton frère te viendront en aide et resteront avec toi jusqu'à la dernière heure.

Ton séjour présent m'inquiète pour ta santé, et je te prie de me tranquilliser promptement. Il est tout à fait incompréhensible que tu n'aies pas encore reçu la musique. Je l'ai expédiée par la poste, après en avoir pris un reçu, à ton ancienne adresse à Trient. Écris-moi vite, afin que je fasse les réclamations nécessaires.

Quand nous reverrons-nous? Que de choses trop compliquées j'aurais à te dire qui ne peuvent se confier au papier! J'ai souvent parlé de toi à Berlin aux parents de Beer. Il est encore à Vienne, mais je n'entends pas parler de lui, ni de Gottfried non plus. Quant à Bærmann de Munich, il se porte fort bien et augmente sa famille chaque année.

Donc, mon cher frère, porte-toi bien. Je te serre dans mes bras de tout mon cœur. Combien je serais aise de le pouvoir faire en réalité et de te dire de quelle manière je t'aime invariablement!

Ton ancien et fidèle frère,

WEBER.

Prague, ce 30 septembre 1814.

XXXIV

Mon cher frère,

.   .   .   .

Je voudrais volontiers te mander du nouveau,
mais il y a disette. Peu à peu, tout le monde
rentre de la campagne et l'on recommence à recevoir. Je ne vais presque nulle part, sauf chez
notre Kleinwæchter et chez Clam. Christel a été
très-malade d'une inflammation de la gorge, et la
comtesse Caroline a failli brûler, ses habits ayant
pris feu à sa cheminée. Elle se croyait perdue et
voulait déjà, pour mourir plus vite, se jeter dans
le brasier, lorsque son maître d'hôtel est arrivé
pour la sauver. Les Liebig ont acheté un jardin
à Ziska-Berg; ils se portent bien et te saluent.
Le vieux Don Juan-Bassi est actuellement ici. Il
dîne chez Liebig et chante toujours fort bien en
corsaire le *Maître de chapelle* de Liebe. Mon orchestre s'améliore chaque jour; j'ai fait une excellente acquisition dans la personne d'un hautbois
parfait, qui joue avec âme et habileté. Le 21, j'ai
donné le *Fidelio* de Beethoven, qui marcha très-
bien. Il y a vraiment des choses grandioses dans

cette musique, mais ils ne les comprennent pas ! C'est à se donner au diable ! Kasperl[1], voilà le vrai pour eux. Andreas Romberg était ici et y a donné un concert sans beaucoup de succès. Toutefois la recette a été bonne. Les billets à cinq francs ont produit onze cents francs.

Bærmann et la Harlas viendront ici au mois de février. Tu peux t'imaginer ma joie. Chez Yung tout va comme par le passé. Maldini a épousé la Lotte-Vignet, et est fort souffrant en ce moment. Maintenant, tu sais tout ce qu'il y a de nouveau.

Je me porte bien, je travaille beaucoup et m'efforce de trouver le calme, ce qui cependant est impossible lorsqu'on aime, ou quand Satan allonge ses griffes devant et derrière. Que ne t'ai-je ici pour m'épancher dans ton cœur ami ! Écris-moi bientôt, et en détail, comment tu vas, ce que tu fais, et montre-moi par là que tu ne m'oublies pas tout à fait.

Ton frère qui t'aime du fond du cœur,

WEBER.

Prague, le 1er décembre 1814.

Le violoncelle est là, et on l'admire.

---

[1] Personnage du *Freyschütz*.

XXXV

CHER FRÈRE DE MON COEUR,

Je suis bien endetté vis-à-vis de toi, et ne puis compter que sur l'indulgence de ton cœur fraternel, après avoir gardé si longtemps le silence. Mais tu sais qu'il y a dans la vie des temps où le plus sombre voile s'étend sur toute chose, où l'âme se replie douloureusement en elle-même, de sorte qu'il ne lui est pas possible de se répandre au dehors. Ah! si je t'avais près de moi, quel soulagement n'aurais-je pas éprouvé! Je suis devenu très-sombre et me suis retiré en moi-même. La première et unique femme que j'aie aimée m'a abandonné. Elle n'avait pas le courage de m'aimer sans réflexion, et moi je n'avais pas celui de la rendre malheureuse, en ne lui assurant pas de pain à manger dans un mariage inconsidéré. Je me retrouve donc seul avec mon cœur plein d'amour. Je me jette tout entier dans l'art et ne veux vivre que pour lui, et renoncer ainsi, comme homme, à tout bonheur dans la vie.

Voici un court aperçu de mon existence. Le 7 juin, je partais de Prague dans la plus grande

douleur, pour me rendre chez le solitaire Hradeck,
qui me traita avec une bien cordiale amitié. Le
18, j'arrivais ici, je suis descendu chez mon bon
Bærmann. Le 2 août, je donnais un concert avec
un brillant succès; de même le 8 à Augsbourg.
Le 10, je reçus une bague en diamants du vice-roi,
ornée de son chiffre. Je vais donc rester tranquillement ici jusqu'au 7 septembre, époque où finit
mon congé. Je travaille à une grande cantate pour
la fête de l'anniversaire de la bataille près de Belle-
Alliance. Je passerai encore une triste année à
Prague, puis je me lancerai de nouveau dans le
tourbillon du monde. Les motifs qui m'y poussent
ont de l'importance. D'abord, 1° à Prague on est
comme enterré; 2° j'ai un public pour lequel je
n'ai pas de goût à écrire; 3° j'ai tant d'affaires rela-
tives à mon service, qu'elles ne me laissent pas le
temps; 4° je ne puis rien mettre à ma caisse
d'épargne, et partant je puis gagner autant qu'il
me faut pour vivre......

Le P. Valotti de Bologne était réellement le
maître de Vogler, qui lui doit son système...

Weber est actuellement conseiller au tribunal
de Mayence; il y a longtemps que je ne lui ai
pas écrit, ma tristesse me séparant de tous. Meyerbeer était dernièrement à Paris. Je ne sais où il

est actuellement, mais je l'apprendrai probablement bientôt, et je t'en informerai.....

Ton frère fidèle jusque dans la mort,

WEBER.

Munich, le 11 août 1815, place Maximilien, nᵒ 1328.

XXXVI

MON CHER FRÈRE ET AMI,

Ma première soirée de liberté t'appartient, à toi à qui je dois de mes nouvelles depuis si longtemps, à toi qui aurais le droit le mieux fondé de m'en vouloir, si tu ne savais pas que l'on peut penser souvent à quelqu'un sans trouver le moment de lui dire son affection. Outre que je suis le plus vieux, la presse des affaires, comme tu vas en juger, car je veux te conter tout ce que j'ai fait

depuis ton départ, m'a seule empêché de t'écrire
plus tôt.

Le vide dans lequel je tombai après ton départ,
le 6 octobre, est indescriptible. Tu connais les
dispositions de mon âme et tu sais combien tu me
soutenais. A peine fus-tu parti, que mon travail
me dégoûta. A chaque mesure, je voulais t'inter-
roger. Enfin tu me manquais partout. Le 7, après
un long silence, je reçus une bien bonne lettre
de Meyerbeer, dans laquelle il me donne de grands
détails sur la vie de Paris. Peut-être l'a-t-il fait aussi
pour toi. Les répétitions de son opéra, *Alimelek,*
vont leur train. Pendant ce temps les affaires s'ac-
cumulaient autour de moi. J'ai dû composer trois
airs avec accompagnement d'orchestre pour une
pièce de Gubiz, les faire exécuter ici et les envoyer
à Berlin. Le 13, il me venait une nouvelle idée
pour agir sur le public, et je me mis à écrire des
articles, que je continuerai à chaque nouvel opéra.
Le 22, première représentation d'*Alimelek,* avec
un demi-succès. Il fut repris le 24 et reçu, cette
fois, avec un enthousiasme qui augmenta à chaque
représentation. Tu peux t'imaginer combien j'étais
heureux d'avoir sauvé l'honneur de ce brave
garçon, en dépit des Viennois[1], et quel plaisir j'eus

---

[1] L'opéra-comique d'*Alimelek, ou les Deux Califes,* avait
été reçu à Vienne avec beaucoup de froideur. Ce fut alors que

à lui mander, ainsi qu'à ses parents, cet heureux résultat. J'ai fait aussi un article sur ce sujet dans le *Journal musical*. Tu vois que je n'étais pas oisif. Le 27, arrivait Minett, à laquelle je fis ma visite le 28 : c'est toujours le même être, bon, sage, et sympathique. Depuis son arrivée, je suis son hôte tous les lundis, mais à part ce jour, j'ai rarement l'occasion de la voir, mes nombreux travaux absorbant tous mes loisirs.

Le 8 novembre, je reçus ta lettre du 27 octobre, qui me plongea dans la plus grande tristesse, mon expérience personnelle m'aidant à comprendre ta situation. J'eusse vivement désiré t'assurer de ma compassion la plus profonde, et, chose singulière, je ne pouvais te l'exprimer. Bien des fois, je me suis assis à ma table pour t'écrire, et toujours je restais pensif devant mon papier, jusqu'au moment où, le temps s'écoulant, une autre affaire venait m'appeler. Cela fit, à des degrés très-différents, une vive impression sur tous tes amis. M... le ressentit le plus violemment peut-être, puis P..., et, en dernier lieu, Auguste. L'heureuse issue de tes affaires, la satisfaction de tes supérieurs, l'activité et la distraction qu'elle amène, m'apportèrent un peu de consolation. Qu'est-ce que le temps et

Salieri engagea Meyerbeer à se rendre en Italie pour y apprendre à écrire pour les voix.

le travail ne guérissent pas à eux deux? A ce
moment je fus très-souffrant, et craignis une
maladie; mais, Dieu merci, cela se passa.

Le 12, je composai une ballade tirée d'une tragédie de Reinbeck, qui fit de l'effet et plut beaucoup. M. Ehlers la chante très-bien. Depuis, j'ai
eu avec ce dernier quelques explications, au sujet
de Liebig; mais enfin l'affaire est arrangée, et
nous nous voyons avec une politesse toute politique
et sans nous convenir aucunement. C'est un homme
très-commun. Maintenant, il s'assied tous les jours
près de mademoiselle Bœhler; grand bien leur
fasse! Le 13, je reçus une lettre de Liebig, où il
m'annonce qu'il a obtenu du Gubernium une représentation, ajoutant que depuis trois ans il n'avait
rien fait pour l'Opéra. Je lui répondis là-dessus une
lettre que j'eusse voulu te faire lire. Il s'ensuivit
quelques excuses de vive voix. C'était assurément
sérieux de ma part. N'est-ce pas irritant, à la fin,
de se voir méconnu et de recevoir des reproches
dans un lieu pour lequel on a tant fait, pour lequel
on a sacrifié son temps, son intelligence et sa
santé? Tout cela me fortifia encore dans mon
dessein de quitter Prague dans tous les cas.

Les donneurs de concerts commencèrent alors
à s'annoncer et à se remuer, et je pensai qu'il
serait peut-être bon de donner mon concert le plus

tôt possible. Le 26 novembre, je prenais l'héroïque résolution de faire entendre ma cantate le 22 décembre. Il n'y avait plus une minute de temps à perdre ; car copier, répéter, etc., que tout cela prend de temps ! Je me suis donc mis à travailler avec une nouvelle ardeur jusqu'à deux ou trois heures de la nuit. J'étais prêt le 18 décembre. Avec mes nombreuses occupations et mes répétitions, ce fut vraiment un travail de géant. Le reste fut naturellement mis de côté. Tel fut aussi le sort de ta bonne lettre du 10 décembre, que je reçus le 16, avec une joie très-vive. J'y trouve ton excuse tout amicale, dans le cas où ma cantate m'eût empêché de t'écrire. Seulement, cela me fendait le cœur que tu puisses penser que j'avais quelque chose contre toi. Mais, imbécile, s'il en était ainsi, je te dirais des sottises, et ne garderais pas le silence.

Combien je t'envie le plaisir d'avoir eu chez toi Bærmann et la Harlas ! Je sais qu'elle est arrivée heureusement à Venise ; mais j'ignore encore si son début a réussi. Je tremble presque pour elle [1].

Comment ta nouvelle cantate a-t-elle marché et

---

[1] Weber avait raison. Hélène Harlas, cependant l'une des grandes cantatrices de l'Allemagne à cette époque, ne réussit point en Italie, à cause, sans doute, de son manque d'agilité dans la voix.

réussi? — Haas est un vrai chien; il n'y a pas moyen de le faire marcher. Schlesinger voulut d'abord refuser d'éditer tes « Airs », prétextant qu'il n'avait pas assez d'ouvriers. Mais dans sa dernière lettre, il promet de les mettre bientôt en main et de régler alors les honoraires. Je le pousserai et te ferai part du résultat de mes démarches. — Quant aux bretelles, je les remets en mémoire assez souvent.

Le 22 novembre, on a donné *Jean de Wieselbourg,* parodie de *Jean de Paris*, qui a fait une chute complète, bien que Ehlers y paradât. Le 30, Siebert donnait son concert et fit une recette de douze cents florins. Le 8 décembre, concert de madame Ezeka avec une semblable recette.

Le 22 décembre, je donnai mon concert, qui fit une mauvaise recette...

On y joua la symphonie en *si* mineur de Mozart. La Grünbaum chanta d'une façon ravissante; je jouai un *concerto* avant la cantate, qui dura trois quarts d'heure. Elle marcha admirablement, pleine de feu et de vie. Toi seul manquais pour que j'en pusse jouir complétement. Dieu merci, je ne me suis trompé sur aucun des effets, et je pense que tu seras satisfait de l'ensemble, où il est de nouveau entré plus d'une idée heureuse. Pendant le finale tu étais là, présent à ma pensée, et je m'ima-

gine que ce soir-là mon esprit à dû flotter autour
de toi. Enfin elle a « empoigné » ce peuple froid,
qui, bon gré, mal gré, a dû se laisser aller.

J'ai beaucoup d'ennemis ici, et le diable sait
pourquoi. Je ne veux cependant que le bien, ne
me mettant en travers de personne. Mais franchement je ne serai ni un lâche adulateur, ni un plat
valet. Ce que j'ai subi de pitoyables censures de
la haute noblesse, par l'entremise de M..., est incroyable. Tout cela empoisonne ma vie.

On a donné pour la première fois l'opéra de
Weigl, *Pierre le Grand,* qui a si justement déplu
par sa nullité. Frænzel est descendu chez moi le
1ᵉʳ janvier.

On a aussi joué une fois, au bénéfice de la Grünbaum, *Joconde,* qui a plu beaucoup. Tu juges si
j'étais occupé, et encore n'est-ce pas tout. C'est
ainsi que le copiste du théâtre, Petrarsk, tomba
malade, et que je fus obligé de passer plusieurs
nuits à copier moi-même les parties des instruments à vent, pour ne pas arrêter les répétitions
de l'opéra.

Pour ce qui est de mon humeur, cher frère, elle
est toujours la plus singulière du monde, pleine
d'amour pour une personne avec laquelle ma raison me dit, chaque jour, qu'une union doit nous
rendre malheureux tous les deux dans la suite.

Cependant j'ai pris assez d'empire sur moi-même pour travailler, et je pense sérieusement aux grands préparatifs de mon voyage.

Je dois te dire, sous le sceau du secret le plus absolu, personne n'en sachant un mot, que l'on m'a fait des propositions à Berlin. Tu peux bien penser qu'elles m'ont causé plus de chagrin que de plaisir. Devrais-je par là assurer mon pain et écarter tous les obstacles qui m'empêchent de me charger d'une femme? Si je ne donnais pas mon consentement, je ne pourrais m'empêcher de me considérer comme un mauvais sujet, bien que ma conscience et ma conviction intimes m'enlèvent tout scrupule. C'est un éternel labyrinthe! J'abandonne tout au temps, dans l'espoir qu'il débrouillera toutes choses mieux que je ne puis le faire. Un long et lointain voyage par le monde serait mon vœu le plus ardent, car ce serait aussi me séparer de moi-même. Plains-moi et conseille-moi. Mais, je te le répète, personne ne sait rien de l'affaire.

Je donne maintenant, presque tous les jours, trois leçons à un jeune Freytag, à la comtesse Swerts et à madame de Læmel, dont tu te souviens peut-être, ainsi que de mademoiselle Seligmann de Manheim. Je suis très-occupé, et c'est déjà quelque chose. On a cru jusqu'ici que j'allais m'en aller ; toutefois, personne ne le sait positivement, et je n'aurai garde de le laisser deviner au public avant Pâques. J'espère que, dans la suite, ils sentiront la perte qu'ils font. A cette heure, ils sont habitués au bien, et ils pensent qu'il devait en être ainsi. Maintenant, bonne nuit, chère âme. Lina (Brandt) me charge de mille choses cordiales pour toi. Elle fonde de grandes espérances sur ton talent et parle avec enthousiasme de ton chant. Je vais gagner mon lit, où je passe la moitié des nuits sans sommeil. Le travail m'a beaucoup fatigué.

Item. Écris-moi bien vite de nouveau, et n'exerce pas sur moi de représailles. Dieu te conservera la santé et à moi ton amitié.

Éternellement à toi.

Ton frère le plus affectionné et le plus fidèle,

WEBER.

Le 20 janvier 1816.

XXXVII

MON FRÈRE BIEN-AIMÉ,

Merci de tout cœur de ta lettre si sympathique,
du 16 février, qui me parvint hier au théâtre de
Kumpel. J'accompagnais ce dernier chez Conva-
lina, dans l'espoir d'apprendre, en compagnie d'un
verre de vin, de tes nouvelles, et de pouvoir causer de toi ; mais il n'en fut rien ; le malheur veut
qu'il reparte déjà cette après-midi : il me sera donc
impossible de satisfaire aucun de tes désirs. — Je
verrai toutefois ce qu'il y a à faire pour le *Miserere,* mais en musique de concert je n'ai absolument rien à ta disposition.

Comme tu ne donnais depuis si longtemps aucun signe d'existence à âme qui vive, nous com-
mencions tous à craindre que tu ne fusses tombé
malade et j'étais sur le point de t'écrire ; imagine-
toi donc combien la certitude du contraire fut
doublement la bienvenue !

Aujourd'hui, à dîner, on boira à ta santé, et je
remettrai aussi aujourd'hui ta lettre à P...

Elle s'est informée déjà bien souvent de toi, et
ton long silence l'a vexée.

La bonne M... était obligée, à cause de ses enfants, mais à son grand ennui, de hanter tous les bals et soirées.

Elle retourne dans quelques jours à Hradeck, ce qui met le comble à son bonheur; je vais donc être obligé de prendre congé d'elle pour bien longtemps, car il est peu probable qu'elle retourne ici, ou que je puisse aller la voir là-bas de si tôt!

On a donné sur le théâtre du comte Clam trois représentations de *Marie Stuart,* au bénéfice des Frères de la Charité, qui ont récolté dix mille florins. La comtesse de Schlick remplissait le rôle d'Élisabeth. En somme, c'était très-bien. On n'a pas manqué de faire des réflexions de tout genre sur ce que ces dames avaient accepté des rôles si remplis d'allusions. *Item,* il y avait de très-belles toilettes, et c'est le principal.

Nous avons un nouveau président du théâtre dans la personne du prince Lobkowitz, dont le premier soin fut d'insister pour me décider à rester ici.

Et maintenant permets-moi de parler de mes propres affaires. — O mon frère chéri, combien ta présence me serait maintenant nécessaire pour me soutenir et me consoler dans les moments où tant de peines m'affligent! Mais je resterai ferme comme il convient à un homme.

Je suis tourmenté de tous les côtés, mais ce qui m'a été le plus pénible, c'est ce qui me touche de la part de *Lina* et de Liebig; ce dernier commence probablement à comprendre ce qu'il va perdre, et il en est désolé, mais en même temps il manque néanmoins très-souvent d'attentions à mon égard.

Le 14, j'ai donné à mon bénéfice *Fidelio* de Beethoven, et j'ai fait une détestable recette. Treize loges étaient vides et cent quarante fauteuils inoccupés. Mon bénéfice était garanti pour mille florins, et comme la recette s'est arrêtée à cinq cent trente-huit florins, on n'a rien fait à ce sujet. Oui, oui, c'est ainsi!

Depuis plusieurs jours, j'ai eu tant de soucis, surtout du côté de Lina, que j'en suis tout malade. Elle paraît toujours conserver la secrète espérance que je resterai, bien qu'elle soit aussi persuadée que moi de la nécessité de mon départ. Je me suis aperçu, à mon grand désespoir, que son point de vue, en fait d'art, ne s'élève pas au-dessus de la misère ordinaire, ne le considérant que comme un moyen de se procurer de la soupe, du rôti et des chemises. Mais tout cela ne m'aide pas. Cette demi-année m'a coûté beaucoup et mis à moitié à terre. Un chagrin de chaque jour aussi profond, c'est ce qu'il y a de plus effrayant; mais je n'en

reste pas moins fidèle à mes croyances. Ce que tu
me dis à ce sujet n'est que trop vrai ; la pensée
seule qu'il se pourrait qu'il en fût autrement que
je ne pense, et que j'en viendrais à fouler mon
cœur aux pieds, m'épouvante. Aussi j'abandonne
tout au temps et à la prévoyance d'en haut.

Je suis surpris de ne plus avoir reçu de réponse
de Berlin à ma lettre. — Tant pis ! Je prends le
parti de me lancer dans le monde, appuyé sur mes
propres forces !

Que je suis touché, frère chéri, des soins actifs
que tu prends pour répandre mes œuvres ! Reçois-
en mes sincères remercîments. — Ah ! de pareilles
joies sont les moments lumineux de ma vie !
Que ne puis-je être plus actif pour toi !

Schlesinger, qui a déjà reçu plusieurs de tes
ouvrages, s'est informé de nouveau, dans sa dernière lettre, de tes productions. Je lui ai répondu
immédiatement à cet égard, et j'espère que tout
cela sera enfin mis en train.

L'arrangement pour piano de ma cantate sera
édité par le libraire Cramer d'ici.

Ci-inclus un nouvel article de moi concernant
ma cantate ; de plus, un journal ; s'il est possible,
tâche de les répandre un peu.

Je joue du reste de malheur. Imagine-toi que
faute de copistes je n'ai pas encore pu expédier

une seule épreuve; il y a huit jours je reçus la première, eh bien, le relieur me la gâta! Il est écrit que je n'obtiendrai rien que par le chemin le plus difficile! Tu auras sans doute maintenant le plaisir de revoir en passant Bærmann et la Harlas.

Embrasse-les de tout cœur pour moi.

J'espère bien que le jour viendra où je pourrai t'embrasser à mon tour, cher frère!

J'étudie en ce moment *Athalie* de Poissls, intendant du théâtre de Munich.

Et maintenant il faut que je termine, mon cher Hansel. Ne me prive donc plus si longtemps de tes nouvelles, et continue à conserver ton affection à celui qui a tant besoin de consolation.

Ton pauvre et éternellement fidèle frère,

WEBER.

Prague, 18 mars 1816.

XXXVIII

CHER AMI ET FRÈRE,

Je suis presque tenté de croire que tu es mort, du moins pour tout autre qu'Insbruck. Depuis le 17 mars, je me trouve sans aucune nouvelle de toi, pas même une ligne en réponse aux dépêches que je t'ai envoyées par Kumpel Mayer.

As-tu donc tant à faire qu'il ne te reste pas un moment pour ton plus fidèle ami, qui se sent si isolé dans ce triste Prague, où personne ne connaît ma position aussi intimement que toi?

Mais je sais bien qu'avec la meilleure volonté de faire sa correspondance, on est souvent obligé de céder à des empêchements imprévus.

Apprends-moi donc au moins à la hâte comment nos affaires ont marché et marchent en ce moment.

J'ai fait, au commencement d'avril, l'envoi de ma cantate, qui ne m'a encore rapporté qu'une médaille de Prusse et deux tabatières d'or, l'une de Saxe et l'autre des Pays-Bas. Onze têtes couronnées sont donc en retard! C'est le gouverneur qui s'est chargé de l'envoyer à notre gracieux empereur, en la recommandant chaleureusement, mais rien n'a encore paru.

La représentation de la *Bataille de Victoria,* de Beethoven, a de nouveau appelé l'attention sur ma cantate. Brême m'a demandé une partition pour l'anniversaire du combat du 18 juin. Cela m'avait donné l'idée d'en faire hommage au roi de Prusse, qui l'accepta. J'allai donc à Berlin pour la diriger moi-même, comme tu le verras plus loin, et elle y fut accueillie avec enthousiasme.

Le comte de Brühl s'excusa près de moi qu'on lui eût imposé Romberg comme maître de chapelle. Tout l'orchestre me donna les preuves les plus vives de considération et d'attachement.

J'ai profité de cette occasion pour parler à Schlesinger de tes *quatre airs*, quartettes et *fantaisies :* il en offre douze frédérics d'or, mais payables en *décembre* seulement. Si tu y consens, écris-le-moi, afin que je les lui livre en décembre et t'en envoie le montant. Le 9 juillet, je quittais Berlin, en compagnie du père de Meyerbeer, pour me rendre à Carlsbad, où je suis resté trois jours. J'y ai rencontré beaucoup de connaissances. Le 18, j'étais de retour ici. En passant par Leipzig, l'on m'y a proposé la direction de l'Opéra allemand, pour l'année prochaine, avec des appointements de mille cinq cents thalers.

Liebig continue à faire tout ce qu'il peut pour me retenir ici, mais naturellement sans succès.

Il a été de nouveau très-malade, ainsi que Yung, pour lequel on craignait une attaque d'apoplexie ; en général, la maison de la pauvre Fanny a été un hôpital permanent pendant plus de six mois.

Maintenant tout va mieux, et toute la famille a l'intention de passer trois semaines à Carlsbad.

Pendant mon séjour dans cette ville, on m'a offert la place de maître de chapelle et celle de directeur de l'Opéra allemand qu'on va construire. Je pris cela en considération ; mais depuis, je n'ai reçu aucune confirmation écrite. Tout cela s'est fait verbalement avec l'intendant comte Vizthum. Il y avait là une bonne perspective pour l'avenir ; mais connaissant mon étoile, je n'y compte pas beaucoup. Ceci est un secret pour tout le monde.

Ici, il y a du nouveau. La liaison de M. Bayers avec madame L...ch s'est terminée d'une façon scandaleuse. M. Stœger, notre nouveau ténor, l'a supplanté, et les deux parties s'insultent maintenant publiquement. La Grünbaum a passé son congé à Munich, où elle a fait fureur. Son mari ne chante plus du tout, et a déclaré que cela lui était impossible. Je le plains de tout mon cœur. J'ai donné l'*Athalie* de Poissls avant notre départ pour Berlin, et maintenant, de nouveau avec Hæser, un

acteur de passage ici. C'est une belle œuvre ; mais
pour les habitants de Prague, il faut absolument
un paillasse[1] !

Nous attendons ici prochainement le père Beer,
qui vient de Carlsbad, et madame Beer mère, venant
de Berlin ; ils se rencontrent ici pour assister à la représentation de l'*Alimelek* de Meyerbeer, ensuite
ils passeront ensemble par Munich et Insbruck,
— où ils seront très-contents de te voir, — en Italie,
madame Beer devant prendre les bains de mer à
Gênes, où ils se sont donné rendez-vous avec leur
fils, qui se trouve en ce moment à Naples. Ce sont
d'excellentes gens, qui m'ont comblé d'attentions
et d'affections pendant mon séjour à Berlin. Notre
sieur Siebert a pris la clef des champs, ce qui
m'embarrasse, parce qu'il était engagé dans tous
les opéras : d'un autre côté je suis content de me
voir débarrassé de cet être insupportable.

Je quitterai Prague à la fin de septembre. Ne
me fais donc pas attendre ta réponse, ou elle ne
me trouvera plus. Ma santé est bonne et mon esprit plus calme et plus gai. La Lina se conduit très-
bien et fait des efforts pour devenir meilleure.
Que Dieu me donne un emploi exempt de soucis,

[1] Le baron de Poissls, chambellan du roi de Bavière, a composé plusieurs opéras et de la musique sacrée. *Athalie* fut donnée
alors sur les principaux théâtres de l'Allemagne.

suffisant pour faire vivre un mari; et si dans un an, jour pour jour, elle est aussi bonne qu'aujourd'hui, elle abandonnera le théâtre pour devenir ma femme. Tu secoues la tête? Une année est longue, et qui la peut bien passer est vraiment bon.

Tout ce que j'ai appris sur le compte de la bonne Minette, c'est qu'elle a été à Marienbad avec ses filles, ainsi que le vice-président Schüller m'en informe. Je lui ai écrit il y a quelques jours, après l'avoir honteusement négligée depuis son départ. Madame Kleinwæchter est revenue des bains en excellente santé et rondelette comme une boule.

Les bretelles sont prêtes depuis longtemps et attendent une occasion pour Insbruck. Veux-tu que je te les envoie maintenant avec le *Miserere?*

Je suis sans aucune nouvelle de Bærmann, et je dois une réponse à Gottfried.

Maintenant la répétition m'appelle, il faut donc terminer. Que Dieu te conserve en bonne santé; ne sois pas si paresseux, écris-moi, et dis-moi comment tu vas, comment tu vis, ce que tu fais, et conserve ton affection à ton éternellement fidèle frère.

WEBER.

Prague, le 4 août 1816.

XXXIX

Mon cher frère ,

Tes chères lettres du 12 et du 20 août m'ont
fait un plaisir infini, et j'aurais bien envie de causer longuement avec toi ; mais tu seras à même de
juger combien je suis accablé de travail, lorsque
tu sauras que je dois partir d'ici dans les premiers
jours d'octobre, et que j'ai encore tant de choses
à mettre en ordre, et que par-dessus le marché le
diable m'amène juste en ce moment une lé-
gion d'amis, qui tous comptent sur ma complaisance, qu'en tout autre temps j'eusse mise bien volontiers à leur disposition.

Le but principal de ma lettre est ta commission
au sujet du hautbois dont Kleinwæchter ne peut se
charger, puisqu'il se trouve maintenant à Jablona.
J'ai reçu un très-bon instrument de M. Sellmer,
notre premier hautbois; je te l'enverrai par le prochain courrier ; il ne coûte que quatre-vingts florins viennois. Il a *c. cis, dis*, ensuite la clef au
moyen de laquelle on peut jouer huit octaves *le-
gato*, puis *gis*, le *bf* double et la basse clef *h*. Un
hautbois ordinaire, neuf, avec quatre clefs seulement, eût coûté le même prix, et tu l'eusses attendu

12

deux ou trois mois. Si cependant, contre toute attente, il ne te convenait pas, tu peux le renvoyer ; car il est entendu avec le fabricant d'instruments Bauer qu'il le reprendra au même prix. Mais j'espère que tu profiteras du bon marché. Adresse ta réponse à Ballabene, car je ne sais pas si ta lettre me trouverait encore ici.

J'ai pris une vive part aux remarques malveillantes d'Oben sur ta cantate, et je te plains de tout cœur. Combien je regrette de ne pas l'entendre ! Si, comme tout le prouve, mon établissement à Dresde vient à bonne fin, tu y viendras passer une couple de mois ; dans le cas contraire, j'irais chez toi.

J'ai reçu de notre gracieux empereur une belle tabatière avec chiffre en diamants. Toutefois, malgré l'honneur que me fait un pareil souvenir, je voudrais bien que les autres princes me donnassent de l'argent, car j'ai dépensé sept cents florins, et cela me gêne beaucoup.

Sur Lina, je ne puis rien te dire de certain. Elle est longtemps bonne et courageuse, puis tout d'un coup reparaissent ses emportements diaboliques et ses jalousies. Je suis vraiment dans une situation très-embarrassante. Dieu et le temps peuvent seuls m'aider à en sortir. Écris-moi bientôt et aime toujours ton frère et fidèle ami,

WEBER.

Prague, le 12 septembre 1816.

XL

A FRÉDÉRIC ROCHLITZ [1].

CHER ET ESTIMABLE AMI,

J'ai ramené sur la scène le *Faust* de Spohr, qui a réussi. Jusqu'à présent, il m'a été à peu près impossible de rien dire là-dessus ouvertement, et de plus cela se fera difficilement. Même à lui, je n'ai pas encore pu annoncer cet heureux résultat, ne sachant pas même où il perche en ce moment. Quantité de donneurs de concerts, Giulani, madame Schmalz, m'ont rendu fou et ont absorbé le peu de temps qui me restait.

A la fin de septembre, je résignai mes fonctions, et j'eus la satisfaction de voir seulement alors combien j'étais aimé et respecté, et aussi combien mes subordonnés se séparaient péniblement de moi. Tous les travaux que je m'étais engagé à livrer à Schlesinger, au 1er décembre, n'avaient pas avancé d'une note. Bref, je dus me résoudre à res-

---

[1] Frédéric Rochlitz, poëte et critique musical distingué, né à Leipzig, a laissé un grand nombre d'écrits sur la musique.

ter tranquille pendant quelque temps, et planter
là tous les donneurs de concerts.

A mon arrivée à Carlsbad, on m'a parlé d'une
position à Dresde. Depuis, l'affaire n'a pas
avancé, et la réalisation m'en paraît toujours très-
éloignée. Comment vont les affaires du théâtre de
Leipzig? Le bruit que Wohlbrück en prend la
direction est-il fondé?... Croyez-vous que je puisse
donner un concert à Leipzig qui puisse me dédommager de ce détour, car il faut que je songe à
gagner de l'argent?...

Vos nouveaux contes n'ont-ils pas encore paru?
J'ai soif de bonnes chansons.

Votre ami dévoué,

WEBER.

Berlin, ce 22 novembre 1816.

XLI

A GÆNSBACHER.

CHER FRÈRE DE COEUR,

Suivant ma promesse, je vais aujourd'hui bavarder avec toi et te raconter ce que j'ai fait et ce que je dois faire encore. Le 12 septembre, je t'écrivais pour la dernière fois. La démission de ma charge, les préparatifs du voyage, la vente de mes meubles, ne me laissèrent pas le temps de respirer. Le 29, mon séjour à Prague se terminait peu brillamment par le *Barbier du village*. Enfin, je pris congé de l'orchestre. Cette séparation fut touchante, car les artistes voyaient qu'elle était irrévocable, et ils ne pouvaient oublier que bien souvent je les avais glorieusement conduits à la bataille.

Le 7 octobre, je partis avec ma bonne Lina et sa nièce. Nous restâmes une couple de jours à Dresde, où les choses se passèrent assez convenablement, mais l'affaire n'est pas encore tout à fait certaine. Le 13, nous arrivâmes à Berlin. Lina fut chez le facteur d'instruments Kisting, et moi je me rendis chez Lichtenstein. Lina joua huit fois avec le plus grand succès, et se conduisit si bien et si sagement que j'en ressentis la joie la plus profonde. Elle voyait combien j'étais aimé et estimé ici, combien les femmes me traitaient amicalement; et, Dieu en soit loué, le démon de la jalousie se tut en elle.

Je m'abîmai dans l'étude jusque par-dessus les oreilles; je n'allai chez personne et ne perdis point mon temps à organiser un concert. J'ai écrit jusqu'ici trois grands airs, un *allegro* et un *adagio* pour la sonate en *ré mineur,* quatre romances, un premier *allegro* pour clarinette et piano-forte, une nouvelle sonate en *ré bémol,* la troisième partie de *Lyre et Glaive* [1], avec divertissements pour guitare et piano-forte. Maintenant, j'écris encore un trio et deux ariettes pour la Milder [2] et Fischer.

Le 19, j'invitai mes amis à venir chez moi manger des huîtres, pour célébrer mes fiançailles avec ma bien-aimée Lina. Comme elle est excellente, cette année, et que j'ai maintenant une position stable, elle quittera le théâtre pour devenir ma femme. Le 20, elle est partie pour Dresde, où elle a joué cinq fois. Je reste ici jusqu'au 10 ou

[1] *Lyre et Glaive,* chants pour quatre voix d'homme sur des poésies de Kœrner.

[2] Anna Milder enchantait alors Berlin, surtout dans le rôle de Fidelio.

11 janvier, puis je pars pour Hambourg et Copenhague.

Maintenant que te voilà au courant de mes pas
et démarches, je vais répondre à tes bonnes lettres.
J'ai reçu le 16 celle du 6 novembre, et tu peux
t'imaginer la joie que j'ai ressentie en voyant l'ornement si mérité de ta boutonnière. Grâce à Dieu, les
mérites réels finissent toujours par être reconnus,
et l'on s'en réjouit doublement quand cela arrive
d'une manière tout à fait inattendue. Vis maintenant cent années en bonne santé! Je suis content
que tu aies été satisfait du hautbois, et très-joyeux
que tu aies enfin terminé avec Haas; mais je doute
que tu reçoives jamais un liard de ce côté, car avec
de tels ouvrages, il n'y a rien à gagner que l'honneur. J'ai eu encore une lettre de Minette avant
mon départ de Prague, mais je n'ai pas encore pu y
répondre. Elle est toujours la même bonne âme
d'autrefois, et tu as tort quand tu l'accuses d'in-
constance. Je te remercie de tes félicitations pour
ma fête et te souhaite, en retour, de tout mon
cœur, une heureuse nouvelle année. Tu demeures
avec tes parents, n'est-ce pas? Ta lettre du 4 décembre, je l'ai reçue le 10. Il est plaisant que
l'opinion publique m'attribue maintenant la même
situation que celle dont tu me parles au sujet de
Stunz de Munich. Quand on peint si souvent le

diable sur le mur, il vient bien enfin une fois en
réalité. Plaise à Dieu, je crois qu'à Dresde ce serait
pour le mieux, et tu pourrais bien m'y venir trouver
un jour. Une petite place pour toi y sera toujours
prête. Je pense que la chute si complète de l'opéra
italien sera une véritable joie pour les chanteurs
de Munich. La pauvre Firmian a été de nou-.
veau malade; elle se rappelle à ton souvenir. Dis
au comte que je m'imagine être tout à fait en
disgrâce, puisque je n'ai pas eu le bonheur de
le voir pendant son séjour à Prague, ce qui m'eût
pourtant beaucoup réjoui. Quand vous viendrez en
mon logis, monsieur mon frère, il faut être actif
et vous mettre en rapport avec Schlesinger. Tu
pourras ainsi tous les ans gagner une jolie somme,
et tout en acquittant tes dettes, mettre ton nom en
valeur. Tous les Beer sont à Rome, s'y plaisent
beaucoup, et ne reviendront guère chez eux qu'au
printemps. Je leur présenterai tes salutations en
leur écrivant ces jours-ci. A Prague, cela va misérablement! Liebig est comme un homme mort, il
s'est trouvé un passif de cent vingt-cinq mille florins
que les États payeront en se chargeant du tout. Le
comte Clam me l'a écrit. Il voit à présent que tout
arrive comme je l'avais prédit, ce sont ses propres
paroles. Oui, oui, j'ai vraiment bon nez et connais les
hommes. Maintenant, cher frère, je finis, la poste

va partir. Écris-moi bientôt, car ta lettre ne me trouverait plus ici. Que Dieu te conserve en joie et santé!

Pour toujours, ton plus fidèle confrère,

WEBER.

Berlin, le 17 décembre 1816.

XLII

MON FRÈRE BIEN-AIMÉ,

J'aurais dû t'écrire depuis longtemps pour t'annoncer ma nomination définitive comme maître de la chapelle royale de Saxe et comme directeur de l'Opéra allemand, que je reçus à Berlin le 27 décembre 1816, mais j'avais trop à faire. Me voilà donc bien solidement établi ici, et mes projets de voyage sont tombés dans l'eau. J'ai, bien entendu, un congé chaque année; mais si, avec l'aide de Dieu, je me marie en automne, il sera difficile de s'envoler, et je deviendrai, moi aussi, un semblant de Philistin.

J'ai inauguré ma nouvelle carrière avec des difficultés sans nombre, luttes et cabales de toutes sortes. Une ou deux fois, j'ai été sur le point de repartir. Mais enfin tout cela a servi à leur montrer qu'ils avaient affaire à un homme dont on ne se joue pas, et qui est assez indépendant pour ne supporter aucun manque d'égards et surtout aucune insulte. Maintenant chacun va tranquillement son chemin. Qui ne m'aime pas, me craint du moins.

Les Italiens eux-mêmes sont devenus aimables,

depuis qu'ils voient que je serai plutôt pour leur
maintien que pour leur renvoi. L'art n'a point de
patrie ; tout ce qui est beau doit nous être précieux,
quels que soient le pays et le ciel qui l'ont fait naître.
J'ai donc toute raison d'être satisfait, et il ne me
reste plus qu'à souhaiter que le Ciel m'envoie bientôt des chanteurs et des cantatrices convenables,
car, jusqu'à présent, je n'ai rien du tout. A Prague,
tout semble misérable et annonce une grande
chute. Ma *Silvana* fait fureur, et chacun gémit de
mon départ et de l'âge d'or passé pour l'Opéra.
Oui, oui, c'est bien fait pour eux, puisque autrefois
rien ne leur paraissait assez bon.

Je vais bientôt mettre la main à un nouvel opéra
dont le célèbre poëte d'ici, Frédéric Kind, a fait
le livret, *la Fiancée du chasseur,* œuvre magnifique, d'un romantisme effrayant (le *Freyschütz*).
En somme, je suis un peu sombre, et je vis très-
isolé ; car si je connais une masse de monde,
et si je suis partout très-considéré, un véritable
ami me manque bien encore. Puis, au point de
vue musical, je ne puis de nouveau causer avec
personne ; c'est très-triste. J'espère, cher frère,
que tu viendras bien me voir un jour ; nous pour-
rons alors travailler et causer ensemble ; tu demeu-
reras chez moi, et ce sera une véritable vie de paradis. Nous aurons des fêtes dans quinze jours, puis

je ferai un tour à Prague pour surprendre nos amis,
ce qui me réjouit infiniment. Il paraît que cette
pauvre *Ré mineur* a éprouvé beaucoup de malheurs;
tu en es probablement mieux informé que moi.
La moitié de sa récolte et de son château auraient brûlé. Je lui ai écrit, mais n'ai pas encore
reçu de réponse. J'ai eu des nouvelles de Meyerbeer à Milan; il passera toute l'année en Italie.
Son adresse est poste restante à Venise. Il paraît
travailler énormément. Il a écrit un opéra français
et un opéra allemand. Bærmann et la Harlas viendront bientôt me voir parce qu'ils veulent faire un
voyage à Berlin. De Gottfried je ne sais rien depuis
longtemps. Schlesinger t'aura sans doute écrit dans
cet intervalle. Envoie-lui ou à moi, mais exactement, le numéro de l'œuvre, le titre et la dédicace
des trois ouvrages. Il faut être actif, cher frère,
tes affaires iront bien, et par ce moyen tu gagneras
chaque année une augmentation d'appointements.

Ma place est marquée ici pour un an, du moins
tels sont les termes du contrat, et quoiqu'il n'y ait
pas d'exemple que ce ne soit continué la vie
durant, je connais trop mon étoile pour ne pas
redouter quelques circonstances nouvelles. Mais
à la volonté de Dieu! Je me confie en lui et me
résigne, quoique dorénavant je doive songer à
d'autres! L'affaire de la mère de ma Lina est aussi

terminée, elle demeurera avec son fils à Mayence,
et je lui donne cent thalers par an ; mieux vaut ce
sacrifice et avoir le repos et la paix dans la maison.
— Écris-moi bientôt comment le sort t'a traité
à Vienne. N'aliène pas ta liberté et ne te laisse pas
enlacer par les promesses de *Fa majeur,* car l'in-
dépendance est ce qu'il y a de plus précieux et
de plus noble dans l'homme. On dit que Pixis
veut quitter Prague, ainsi que la plupart des
artistes de l'orchestre et du théâtre. La Liebig
doit épouser M. Stœger. Clam a déchiré un
« effet » de quarante mille florins ; voilà du moins
un *ami !* Les prix sont augmentés, mais le théâtre
est vide. Le départ de la Brandt (Lina), et, si Dieu
le veut, de la Grünbaum (quand je pourrai la pêcher)
donnera complétement le coup de grâce à ce
théâtre. Maintenant, cher frère, que Dieu te garde,
écris-moi bientôt comment tu vas et ce que tu fais,
reste en bonne santé, et crois-moi toujours ton
frère le plus fidèle.

WEBER.

Dresde, le 10 mars 1817.

XLIII

MON CHER FRÈRE,

Il y a bien longtemps que je ne t'ai écrit, et je m'en accuse en partie, bien que je sois réellement enseveli dans le travail et les soucis, et que ma santé soit bien attaquée depuis deux mois. Mais cela va mieux, et je veux te parler un peu de ma vie et répondre à tes bonnes et chères lettres.

Ma dernière lettre est du 10 mars. Le 13, Wohlbrück vint ici donner des représentations extraordinaires, et demeura chez moi. Mettant à profit les fêtes de Pâques, je résolus une surprise, et le 22, à neuf heures du soir, je partais pour Prague avec Bassi[1]. J'arrivai juste au milieu de la *Flûte enchantée*. Tu peux te figurer la joie de ma chère Lina et celle de tous mes amis. Le 27, je reçus ta lettre du 13, qu'on m'avait renvoyée, et le 28, je dirigeais moi-même *Silvana*. Dès que ma tête apparut dans l'orchestre il s'éleva un immense applaudissement et des bravos sans fin. Chaque morceau fut applaudi, et à la fin de chaque acte

---

[1] Luigi Bassi est le chanteur pour lequel Mozart a écrit *Don Juan* en 1787.

les « Bravo, Weber! » recommençaient. Mais aussi,
c'est que tout marchait à ravir. Le vieil esprit souf-
flait sur l'orchestre et sur les chœurs. Tous étaient
électrisés et dans une joie excessive. On sentait
alors tout ce qu'on avait perdu. Je dus repartir le
1ᵉʳ avril.

La séparation fut pénible ; mais cette surprise,
en coupant cette longue année, nous fortifia pour
le reste du temps. Le 2, j'arrivai à Dresde ; après
avoir pris soin des affaires de la direction, je repartis, le 4 au matin, pour Leipzig, où Wohlbrück
m'accompagna. Le 8, je dirigeai ma *Bataille et
Victoire*[1], jouai un *concerto*, et le soir même je repartais pour Dresde, où j'arrivai juste le 9, pour
la représentation d'*Adeline*, dans laquelle parut
Weixelbaum. Le 12, dans la nuit, j'écrivais la
musique de la tragédie de Muller, *Yugurd*. Le 13,
on donnait *Joseph*, le 14 *Yugurd*, le 15 *Ostade*,
le 16 *Adelina*. Pendant l'entr'acte, Thurmer joua
du hautbois à ravir. Le 22, on donnait *Hélène* pour
la première fois ; le 30, arrivée de la Grünbaum.
Le 3 mai, *Jean de Paris*, pour la première fois ;
le 11, le *Lotterieloos* ; le 18, *Barbe-Bleue*, pour
la première fois. La Grünbaum, après avoir chanté
tous ces ouvrages avec un immense succès, partit

---

[1] Cette cantate fut composée à l'occasion de la bataille de
Waterloo.

pour Berlin. Le 31, on donna *la Domesticité;* le 4 juin, *la Maison des Orphelins;* le 15 juin, *le Secret;* le 16, je reçus ta lettre du 5. Sur ces entrefaites, la Grünbaum était revenue de Berlin. L'absence d'un de ses camarades nous força de répéter de nouveau *Jean de Paris.* Le 18, il arriva ce fait, inouï jusque-là, que la troupe de l'opéra allemand fut appelée par le roi à Pillnitz, avant les Italiens. C'était une innovation. La Grünbaum chanta dans *Lotterieloos.* Ce fut un vrai triomphe. Le 25, je dirigeai tout l'orchestre de la chapelle, qui joua au bénéfice des pauvres, dans l'église, le *Notre Père* de Naumann. Le 28, le père Beer traversait Dresde, se rendant à Carlsbad, avec Treitschke et Schreivogel de Vienne, qui voyagent pour chercher des recrues, et avec lesquels j'ai beaucoup parlé de toi.

Le 30, on m'écrivait de Berlin pour m'offrir la place de maître de chapelle. Me voilà, certes, à une époque importante de ma vie. Je suis comme un âne entre deux bottes de foin, et ne sais ce que je dois faire. Par malheur, mon chef, le comte de Vitzthum est absent. Mais il revient dans quelques jours, et la chose sera bientôt décidée. Dans tous les cas, la situation est bonne, puisque je choisirai la meilleure.

Tu vois, par ce rapide coup d'œil, où sont men-

tionnées des centaines de lettres, d'articles, de
réunions, de corrections, de représentations extraordinaires, de répétitions, combien j'ai été sur-
chargé de travail, et s'il n'y a pas lieu de succomber
à la tâche.

A présent je vais répondre à tes lettres. N° 1,
celle du 13 mars. Pour le moment, me voilà
établi ici pour une année; mais ce sera, sans doute,
pour ma vie, comme c'est la coutume ici. L'existence y est très-tranquille et, par là, très-propre
à la vie de famille; on y trouve d'excellents poëtes
et des gens particulièrement aimables. Mais des
âmes musicales comme nous en avons besoin, pas
une seule! En revanche, beaucoup de contrariétés,
au sujet des cabales des Italiens, et plus d'un projet
vacillant pour l'opéra allemand dans l'avenir. Le
ténor Mieksch vit encore et dans tous les cas reste
mon ami; mais Naumann est mort. J'aurais voulu
assister à la belle fête de la réception de ta médaille,
si bien méritée. Ce sont de beaux moments dans la
vie qui en font oublier bien d'autres. De *Ré mineur*
je n'ai rien appris depuis une éternité; je lui ai
écrit affectueusement après son malheureux incen-
die, et n'ai depuis lors reçu d'elle aucune nouvelle.
Quant à la lettre à Schlesinger, je l'avais à tort laissée
bien longtemps sans réponse, mais j'en ai pourtant enfin expédié une. J'en dois au monde entier.

J'espère faire exécuter quelqùes fragments de ta musique d'église[1] dès que je serai entré en fonctions. Peut-être y aura-t-il aussi quelque chose à espérer pour cela, mais il faudra y mettre du temps. Chez nous, tout va assez lentement, mais c'est solide. C'est en vain que j'ai espéré, d'après l'avis que tu m'en donnais, l'arrivée du comte *Fa majeur*. En revanche, le comte O'Donnel est ici avec la sœur de Yung, qui ressemble beaucoup à Jean. Je n'ai pas le temps d'y aller beaucoup et ne les ai encore vus qu'une seule fois. Le comte et la comtesse forment un couple agréable et charmant. Quand donc pourras-tu venir auprès de moi, cher frère?

Ah! si notre « compositeur d'église » (?) voulait seulement s'en aller! ce serait une place pour toi. Avec le temps, viendra le conseil. J'ai vu avec plaisir que tu avais donné un nouveau morceau de musique d'église. Mande-moi l'effet de l'audition : il est fâcheux que les éditeurs de notre Suisse mesurent à ce point leurs offres. Mais enfin, si cela réussit, ainsi que ton *Requiem* chez Steiner, les choses s'arrangeront.

Meyerbeer monte, à l'heure qu'il est, un opéra de lui à Venise. Il doit rester encore un an en Italie et aller ensuite à Paris. Dans leur concert à

---

[1] La musique d'église de Gænsbacher est toujours très-goûtée à Vienne.

Berlin, les Grünbaum ont chanté un air et un hymne
également de lui, qui ont plu extraordinairement.
L'hymne est très-simple, clair, bien qu'écrit dans
une forme nouvelle.

Quant à ce qui concerne les Weixelbaum, ce
sont des misérables, fort communs et comédiens
des plus pitoyables. Ici ils m'ont fait à moi et à
d'autres les mêmes histoires d'emprunts d'argent;
malgré la bassesse de leur conduite, il est pourtant possible qu'ils soient engagés. Dès que ce sera
fait je m'occuperai certainement de te faire rendre
l'argent que tu leur as prêté. Si tu veux cependant en être plus sûr, écris à Carlsruhe, où ils
sont engagés.

Je travaille toujours aussi ardemment et autant
que mes nombreuses affaires le permettent, à ma
Fiancée du chasseur. Quatre ou cinq scènes sont
déjà esquissées. A la fin de septembre, je vais à
Prague, et j'épouse ma bonne Caroline, dont chaque
jour j'ai lieu d'être plus satisfait. Nous conduirons
ensemble sa mère chez son fils à Manheim. J'es-
sayerai en route de gagner quelques thalers, puis
je me retirerai dans mon foyer. Ici ou à Berlin?
C'est ce que Dieu sait.

Porte-toi bien, et aime toujours ton frère de
cœur, fidèle jusqu'à la mort.

WEBER.

Dresde, le 18 juillet 1817.

P. S. De Gottfried, je n'ai pàs reçu de nouvelles depuis longtemps; il a entrepris un excellent ouvrage théorique qui, fondé sur nos principes, est unique dans son genre. La première partie a déjà paru. *Adieu sans adieu.*

Un fort exercice de la langue italienne est ce qu'il y a de mieux à faire ici.

XLIV

MON FRÈRE BIEN-AIMÉ,

J'ose à peine lever les yeux sur toi ; que vas-tu penser de mon long silence? J'espère que tu n'es pas aussi fâché que je t'y avais autorisé, car tu connais la fidèle amitié de ton fidèle Weber. Mais, comme il arrive dans ce monde maussade, je voulais toujours t'écrire régulièrement, et je n'en trouvais jamais le temps. Enfin, les matières d'une lettre se sont tellement accumulées que j'en ai à présent par-dessus la tête. Maintenant que tu sais mes raisons, je dis : *Pater, peccavi,* et tu me pardonnes fraternellement, n'est-ce pas? Je veux, en homme de parole, reprendre mon journal et te mander les choses les plus importantes.

Ma dernière lettre est du 12 juillet. Les nombreuses répétitions, les soucis, les travaux attaquaient ma santé ; je souffris plusieurs mois d'un mal de gorge très-violent. J'étais, en outre, toujours sur le qui-vive, relativement à ma position; car avec les Italiens, il y a vraiment de quoi devenir fou. J'avais espéré rejoindre ma bonne Lina à la Saint-Michel, mais cela ne devait pas se faire

13.

aussi facilement. Les fêtes du mariage de notre princesse Marianne avec le grand-duc de Toscane vinrent y mettre obstacle. Je dus, à cette occasion, composer une grande cantate, et les préliminaires traînant en longueur, ma situation était des plus pénibles. Ma pauvre Lina, n'ayant plus d'engagement à Prague, dut se réfugier dans un misérable nid. Je vais ici remettre à neuf mon logement du Grund. Ces arrangements, ces affaires accidentelles, mon travail ordinaire, et par là-dessus la composition, étaient bien faits pour achever de me rendre fou. Enfin, le 29 octobre, eut lieu la fête, et le 30, je montais déjà en voiture. J'arrivai heureusement le 31, là où j'étais depuis longtemps attendu. C'est alors que je reçus par Kleinwæchter ta bonne lettre du 25 septembre.

Mon mariage se fit le 4 novembre, tout tranquillement, mais joyeusement cependant, chez les Yung. Il n'y avait que les Kleinwæchter, Bomsel et Lisette Frieser. Le même soir, je faisais mes malles, et le 5, je quittais les murs de Prague avec ma jeune femme. Nous arrivâmes le 11 à Manheim, conduisant la mère près de son fils, où elle se trouve très-bien.

Comme je me rappelais ici, et à Darmstadt, où j'arrivai le 15, les jours que nous y avions passés ensemble et qui ne devaient plus revenir ! Dési-

reux de revoir une partie de la triade, je courus
à Mayence chez Gottfried. Ce fut là le moment pénible de mon voyage. J'arrivais avec un cœur
plein d'affection pour ne pas retrouver le bon vieux
d'autrefois. Je ne veux pas être injuste, mais il
n'était plus le même. Chaque jour, il avait des
affaires criminelles à juger; puis sa femme venait
de faire ses couches, etc. Il en advint qu'il n'était
plus occupé que de ses propres affaires, et je le
trouvai ergoteur et sentencieux. Bref, cela me fit
une peine infinie, m'étant tellement réjoui de le
voir, et en ayant fait le but principal de mon
voyage. Enfin, toutes les espérances ne peuvent
se réaliser.

Je donnai un concert à Darmstadt, puis à Giessen et Gotha; je fus reçu très-amicalement par le
Grand-Duc. Le 20 décembre, j'arrivais à Dresde,
où je trouvai bien des affaires en retard et des
cabales.

Je résolus de composer une *Messe* pour la fête
du roi, et le fis, en effet, avec soin et amour. Le
8 mars, elle fut exécutée pour la troisième fois et
fit beaucoup d'effet. J'eusse voulu avoir le plaisir
de te la faire entendre. J'eus, à cette époque, bien
des succès. Mon chef et moi, nous fûmes plusieurs
fois sur le point de donner notre démission. Ce fut
là seulement que, pour la première fois, j'appré-

ciai le bonheur d'avoir près de soi une compagne
compatissante et fidèle. Je puis te dire maintenant
ce que j'aurais dû t'annoncer en commençant ma
lettre, c'est combien je suis heureux dans mon intérieur, combien ma chère Lina embellit ma vie,
et combien elle m'aide à en supporter les tristesses.
Vraiment, je suis un homme heureux; aussi, mon
cher frère, je te souhaite un bonheur semblable.

Personne ne se douterait que ma Lina ait jamais
été actrice, tant elle est devenue laborieuse, rai-
sonnable et femme de ménage, tant elle paraît
joyeuse de sa nouvelle situation. Aussi sommes-
nous tous deux l'image de la santé et du bonheur.
Dieu en soit loué; et puisse-t-il faire qu'il en soit
toujours ainsi! Arrive promptement pour en juger
par toi-même. La séparation avec sa mère a été le
point le plus douloureux, et cependant elle la sup-
porte avec une douce résignation, en comprenant
la nécessité pour mon bonheur.

Après quelques soins donnés aux affaires du service, je voulus m'occuper de mon opéra (*Freyschütz*); mais impossible, une série d'acteurs
étrangers vint me ravir tout mon temps. Je de-
mandai donc un peu de repos pour aller travailler à la campagne.

Le 20 mai, au moment où je me préparais à le
faire, Bœrmann et la Harlas me surprirent le plus

agréablement du monde. Je les emmenai tout de
suite à Pillnitz, où ils passèrent quelques jours
très-gaiement. Tu peux bien croire qu'on y pensait souvent à toi. Le 23, ils chantèrent et jouèrent
à la cour avec un grand succès. Ils partirent le 30,
avec de beaux présents, pour Berlin. Je dus composer rapidement une cantate pour la fête de là
reine. Bœrmann revint, pour cette circonstance,
le 1er août, resta encore quelques jours avec nous;
et retourna le 10 à Munich. Depuis cette époque,
j'ai encore écrit une grande cantate pour la fête du
jubilé de notre roi : je viens de la terminer. J'ai
été si malade, que pendant deux jours je suis
resté dans l'abattement le plus complet. Aujour-
d'hui, je trouve un moment de liberté, et je me
l'accorde à moi-même pour bavarder avec toi, mon
cher frère. L'espoir de pouvoir, cet hiver, mettre
en scène mon opéra est donc de nouveau bien loin;
car le 30 de ce mois je reviens à Dresde, où le
service m'absorbe tout entier. Ces travaux éphé-
mères dans le monde des arts, qui sont, dans ma
position, ce qu'est l'ombre dans le tableau, sont
une bien triste besogne, lors même qu'on est le
plus entièrement et le plus fidèlement dévoué à
celui pour lequel ils sont destinés. Et c'est là mon
cas; car celui qui apprend à connaître notre cour
de plus près serait un homme sans cœur et sans

délicatesse de sentiment, s'il ne l'estimait hautement et ne la servait fidèlement. Aussi, à cause
de cela, suis-je content et dispos. Il y a partout
des soucis, que l'on doit supporter patiemment,
pour goûter quelque repos.

Le roi m'a donné pour ma messe un précieux
témoignage de sa satisfaction. C'est une belle
bague de deux cents ducats. Voilà une distinction
qu'aucun maître de chapelle n'avait encore obtenue
ici avant moi. Mais, mon cher Hansel, tu sais maintenant comment vont toutes choses. Lorsque je
t'aurai dit que j'espère voir en décembre l'un de
mes rejetons, tu sauras toute la grandeur de ma
joie, augmentée encore par la magnifique santé
dont jouit mon excellente femme. Elle n'a aucune
des indispositions habituelles à son état.

J'ai reçu avant-hier une lettre des Yung. Lui,
elle, son frère et les enfants ont tour à tour été
malades. Maintenant cela va de mieux en mieux.
Chez les Kleinwæchter, la mort a fait des recrues
que tu dois connaître.

Maintenant, j'arrive à tes deux bonnes lettres,
auxquelles, *horribile dictu!* j'ai encore à répondre.
Mon établissement ici est pour toute ma vie durant.
Ma petite grosse t'aime beaucoup et me charge de
te dire mille choses cordiales. Elle ne peut oublier
l'Amero, et l'invite amicalement à venir visiter sa

maison de Dresde. Oui, ce serait un bonheur,
frère, si tu venais. Peut-être pourrais-tu offrir une
Messe au roi, et par là payer ton voyage. Songes-y
donc. Schlesinger sera, sans doute, entré directement en relation avec toi. J'ai aussi parlé de toi à
Peters de Leipzig, qui éditerait volontiers quelqu'une de tes œuvres, et paye honnêtement.

Je ne vois ni n'entends rien de *Ré mineur*. Elle
est tout à fait morte pour moi, ce qui me cha-
grine au fond du cœur. Et franchement, c'est ma
faute, car je n'écris à personne; toutefois, elle me
doit une réponse. *Fa majeur* est tout à fait disparu. J'ai lu avec le plus grand plaisir tes brillan-
tes représentations et ton joyeux séjour à Botzen.
Puisses-tu avoir souvent en partage des joies de
ce genre! Y a-t-il un plus beau sort pour l'artiste
que de voir son œuvre accueillie avec enthousiasme? Pense à moi le 21 septembre, jour où ma
cantate sera jouée dans une église avec un chœur
d'environ cent chanteurs.

Meyerbeer est toujours en Italie, et écrira, je
le crois, quelque chose pour Turin, ce carnaval.
J'ai aussi été sur le point d'aller en Italie, à
Milan et à Venise, dans le même but. Mais si d'un
côté, il est impossible que je m'éloigne d'ici pour
un temps si long, de l'autre il m'est également
difficile de laisser ma femme en ce moment. Enfin,

je ne puis ni ne veux faire du clinquant, comme on en voudrait maintenant.

Mais ce qui ne se peut aujourd'hui se fera peut-être pour Milan l'année prochaine. J'irai alors te voir avec ma femme dans ton pays de montagnes; mais avant, viens donc ici. Tout va misérablement à Prague, et Clam m'écrivait encore il y a trois jours : « Avec vous, la bonne étoile de Prague s'est éclipsée. » On dit que le docteur Schuller veut épouser la Demmer. Grand bien lui fasse!!! — Schlesinger enverra certainement ton divertissement à Vienne. Si les Viennois ne veulent pas payer convenablement, écris-le-moi, Peters le prendra tout de suite. Maintenant, cher frère, je te presse dans mes bras par la pensée, du plus profond de mon âme. Que Dieu te bénisse et te conserve la santé, la bonne humeur et le contentement!

Ma Lina t'embrasse, mon fidèle Hansel. Ton frère, éternellement fidèle, ne se taira plus si longtemps, et te sera toujours attaché par les liens de la plus vive amitié.

Tout à toi,

WEBER.

Hotterwitz, près Pillnitz, par Dresde, le 24 août 1818.

XLV

Cher frère,

Peu de mots seulement, aujourd'hui, mais qui te causeront la joie que je ressens de te les écrire. Ma bien-aimée Lina m'a mis au monde, avant-hier matin, à onze heures, une grosse fille bien portante, après des souffrances affreuses héroïquement supportées, qu'on ne peut décrire, mais dont il faut avoir été témoin pour connaître le courage de la femme. Dieu soit loué! c'est fini. Elle se trouve aussi bien que le permettent les circonstances.

C'est une singulière sensation! Bien que j'en sois encore saisi, je veux cependant répondre à ta bonne lettre du 25 octobre. Lina te salue cordialement, et se réjouit en songeant à l'époque où elle pourra te recevoir en maîtresse de maison. Réalise ce beau projet, et nous nous enivrerons d'art, d'amitié dans le passé et dans l'avenir.

Ton projet d'une *Messe* pour ici est très-bon. Avant tout, fais-la aussi courte que possible, et n'oublie pas quelques solos de soprano importants pour notre excellent castrat Saparoli. Mais tu dois lui laisser toute liberté, et écrire en style très-large pour notre église, car elle résonne d'une façon effroyable, et tous les mouvements rapides s'y perdent. Les trompettes et les cymbales doivent aussi être employées avec modération. Ici, à la cour, on aime ce qui est galant ; mais je crois que tu es aussi peu porté que moi sur cette manière, surtout lorsque le lieu et les paroles sont également élevés. D'ailleurs le cœur inspire lui-même la douceur et la grâce.....

Apporte aussi quelques autres ouvrages. J'espère du moins que ton voyage ne te coûtera rien. Je me réjouis de tout mon cœur de ton activité. N'oublie pas de mettre la lyre au-dessus de l'épée[1]. De *Ré mineur*, je n'entends et ne vois rien. Je n'ai encore rien reçu pour ma Cantate, qui a causé ici une vraie sensation. Je viens, en outre, de finir une *Messe* pour le jubilé de notre couple royal, le 17 janvier 1819. Le roi et la reine sont parrain et marraine de ma petite fille. Je fais tranquillement mon chemin, marchant tout droit au milieu de la route, ne poussant personne de côté ; car je ne veux pas barrer de force le chemin aux hommes de valeur. Ma situation s'affermit ainsi de plus en plus,

---

[1] Allusion au métier des armes exercé par Gænsbacher, alors capitaine dans l'armée autrichienne, où il se distingua.

et j'ai de bonnes raisons pour l'estimer sûre. Que j'apprenne aussi cela bientôt de toi! Viens, viens! Avec la plus vive affection fraternelle t'attend à côté de sa petite femme,

Ton fidèle et vieux

WEBER.

Dresde, le 24 décembre 1818.

Bonne année!

XLVI

FRÈRE DE MON COEUR,

Quelle joie m'a causée ton excellente lettre du 22 février, que j'ai reçue le 28! Je t'eusse répondu par le retour du courrier, si je n'eusse pas voulu te causer une égale joie d'une autre façon, et cela à ma plus grande satisfaction, en faisant connaître quelque chose de toi. Je n'ai pas, non plus, besoin de te dire quelle part y a prise ma Lina. Nous sommes maintenant tous les deux très en peine de savoir si tu vas partir pour l'Italie. Je te prie de me tranquilliser au plus vite à ce sujet. Il y a bien longtemps que nous ne nous sommes vus, et aucun signe ne vient me donner espoir qu'il en sera autrement, puisqu'il est encore plus difficile pour toi que pour moi de trouver un moment de liberté. Travaille toujours et écris beaucoup. Je ne sais, mais il me semble que les événements exercent sur toi une heureuse influence. L'homme est ainsi fait, que le plus enthousiaste de son art a besoin d'une impulsion.

Je puis te raconter de moi toutes sortes de choses. L'an dernier, j'ai fait d'août en novembre un

voyage à Copenhague, en passant par Hambourg.
Il a parfaitement réussi à tous les points de vue.
Partout j'ai trouvé une réception au-dessus de mes
vœux les plus ardents, et aussi quelque argent.
Cependant je dus laisser ma bonne Lina à Hambourg, car elle était enceinte, et je craignais pour
elle le trajet par mer. L'homme pense, Dieu
agit, et il a voulu que ma femme fît une fausse
couche. Mais elle a été si bien soignée par de
braves gens, qu'à mon retour de Copenhague elle
était rétablie. L'excellente femme ne m'en avait
pas écrit un seul mot, afin de ne pas m'effrayer.

Pendant ce voyage, bien des changements
avaient eu lieu à Dresde. Notre surintendant, le
comte Vizthum, avait pris sa retraite, et M. de
Kœnneritz, de Weimar, avait hérité de sa place.
Celui-ci va où le vent le pousse; les Italiens le
tiennent sous leurs griffes, et je vois, de ce côté,
s'évanouir tout ce que, depuis quatre ans, j'ai obtenu avec tant de peine pour l'opéra allemand. A
certains moments je me sentais malheureux et
tout désespéré, mais aujourd'hui je m'efforce de
prendre la chose plus tranquillement. J'ai la satisfaction d'avoir fait mon devoir en homme d'honneur. Qu'il en advienne donc ce que Dieu voudra!

Je pars pour Berlin à la fin d'avril, afin de diriger moi-même mon nouvel opéra, le *Freyschütz,*

avec lequel on doit inaugurer le nouveau théâtre. De là, j'irai avec ma Lina aux bains d'Alexis, qui lui sont nécessaires ainsi qu'à moi. A cette époque j'aviserai aussi Meyerbeer à Berlin. Dieu veuille qu'il redevienne en Allemagne ce qu'il était jadis, et qu'il ne pense plus comme il a composé en Italie. J'ai appris hier que B. A. Weber était mort à Berlin. Il est possible qu'on m'y appelle ; mais, malgré tout ce qu'il y a de pénible ici pour moi, notre famille royale est trop charmante pour qu'on la quitte lorsqu'on l'a connue. Toutefois, à la volonté de Dieu.

Je regarde à l'instant ta lettre, et je remarque avec effroi que depuis la fin de 1818 tu n'as pas eu de nouvelles de moi. Pendant ce temps, mon cher frère, j'ai été presque à la mort. Tout l'hiver de 1819 j'ai été en danger ; notre enfant était mort, et ma femme très-souffrante à la suite d'une fausse couche. Au lieu d'enfant, j'ai maintenant un chien et un singe. Mais Dieu m'en donnera bien encore un autre. Depuis lors ma santé est devenue bien chancelante, et je ne puis me débarrasser d'une toux funeste. Espérons que cela reviendra. Un peu avant Noël, Bærmann est passé par ici, et nous avons parlé de toi bien souvent. Avant-hier, j'ai reçu une lettre de Yung. Il a échappé à une fluxion de poitrine, et sa femme a

de nouveau mis au monde une fille. Il m'écrit au
sujet de ta bague, et espère recevoir de tes nouvelles directement.....

La vieille mère a obtenu le payement de l'ar-
riéré de sa pension, ce qui lui fait une jolie réserve. Je crois qu'elle en a besoin; que le ciel
lui conserve sa nombreuse famille! Je n'entends
rien, absolument rien, de *Ré mineur* ni de *Fa majeur*. Le *Pater* de Naumann se grave à présent et
sera bientôt à la disposition des souscripteurs pour
un louis d'or, je crois. La réduction pour piano de
Bataille et Victoire est maintenant gravée; mais la
partition en reste toujours avec plaisir à ton service,
et là-dessus j'attends tes ordres ultérieurs. Peut-
être pourrais-tu te servir de la cantate que j'ai écrite
pour le jubilé de notre roi, et qui peut s'exécuter
aussi avec un texte ordinaire, comme les cantates
de Arndt.

Je travaille maintenant à un grand opéra comique; puis j'entreprendrai un opéra sérieux avec
récitatifs. Est-ce que cela ne t'a pas réjoui aussi de
voir Dietrichstein et Mosel devenir directeurs à
Vienne? La ville impériale ne sera donc plus entièrement fermée au talent national; ce qui est véritablement beau sera mis en lumière sans qu'il soit nécessaire de tout « rossiniser. » J'espère que Rossini ne
fera pas longtemps époque. Il se tue d'ailleurs lui-

même. Pourvu que le Ciel nous donne bientôt la
paix au point de vue politique! Depuis longtemps
déjà, c'est un de mes projets chéris, d'aller à Munich, et de là par Salzbourg et Insbruck à Milan;
puis de revenir ici en passant par Vienne. Mais
qui peut maintenant arrêter des plans? Cela ne
pourra guère se faire que l'an prochain, et d'ici
ce temps-là, il peut se faire bien des changements.
Que Dieu inspire des idées de paix aux esprits des
potentats!.....

Maintenant, porte-toi bien, mon vieux Hansel.
Que Dieu te conserve dans l'avenir en aussi bonne
santé que tu l'es maintenant à ma grande joie. Ma
Lina t'envoie un cordial baiser. Que toutes choses
restent comme devant entre nous, à l'exception
de notre correspondance, à l'égard de laquelle
nous pourrions tous deux nous amender. Puissent
d'heureuses occasions nous mettre souvent la
plume à la main, car il est triste de ne pouvoir
que se plaindre! Je te serre étroitement sur mon
cœur fraternel. Garde aussi ton affection

A ton

WEBER.

Dresde, le 28 mars 1821.

XLVII

MON FRÈRE BIEN-AIMÉ,

Quelle joie infinie me fait ta lettre! Quand je vois ce que je puis conclure de tes louanges et de l'enthousiasme d'un ami fidèle, il me reste encore quelque chose à t'exprimer au-dessus de la profonde reconnaissance que tu as inspirée à mon âme. L'approbation des hommes d'élite encourage à de nouveaux travaux. Celle de la masse, si honorable et si désirable qu'elle soit, peut toujours être attribuée à d'autres circonstances qu'à la vie propre de l'œuvre. Dieu me bénit vraiment; aussi ai-je confiance dans son appui à venir, pour que mes œuvres postérieures réalisent mes premières promesses.

Ta présence à Vienne m'avait d'abord donné l'idée de m'y rendre bientôt, afin d'apprendre à connaître les artistes pour lesquels je dois écrire; et, fort de cette expérience, de revenir en hâte à la maison pour composer. Mais tu pars le 8 janvier, et je ne puis m'en aller d'ici avant le mois de février, le *Freyschütz* étant, par ordre supérieur, mis en répétition. Je m'étais cependant accoutumé

14

à cette douce idée de me confier au cœur d'un ami fidèle. N'est-on pas toujours de plus en plus isolé dans le monde?

Je me suis fait de nombreux ingrats. D'autres sont froissés que j'attire, plus qu'eux, l'attention sur moi. Aussi je vis très-retiré, au point de vue artistique, et, de toute façon, heureux seulement par ma femme. Je me retire de tout, afin que les conversations oiseuses et « les thés » ne me distraient pas de mes nombreux travaux. Nos santés ont aussi beaucoup souffert; et c'est ainsi que le Créateur a pris soin que les arbres ne poussent pas au ciel. N'y a-t-il donc pas moyen que tu restes plus longtemps? Si j'avais seulement le bonheur de te créer une petite place dans notre chapelle, comme compositeur d'église! Mais il y a tant de gens qui la guettent, et les messieurs en *ini* et en *elli* savent si bien s'attacher à toutes les pistes, et longtemps à l'avance, que mes vœux ne seront que des *pia desiderata*. Comme nous vivrions et travaillerions heureux ensemble! Ta description de la fête de sainte Cécile m'a bien amusé, et la participation des acteurs fort réjoui; car généralement ces messieurs sont les plus réfractaires.....

Remercie beaucoup, en mon nom, M. le colonel de Call de son vif intérêt pour moi; je me réjouis beaucoup de le revoir. J'aurais de même toute la

joie imaginable à voir l'honorée famille Firmian.
Si je ne vais qu'à la fin de l'été à Vienne, je les
manquerai de nouveau, ce qui serait vraiment
fâcheux. Les cantates et ton exemplaire d'honneur
sont toujours prêts à partir. Ne te fâche pas, cher
frère, de ce que cela dure si longtemps; mes
copistes ont trop à faire à cause de l'envoi de mon
opéra qui doit être copié de nouveau, quoique je
l'aie déjà envoyé à dix-sept théâtres.

Je savais d'avance que les Lauskas te plairaient.
Ce sont de braves gens, loyaux et affectueux, de
vrais amis tels que j'en ai un grand nombre à
Berlin. Cela m'attirait beaucoup vers cette ville;
mais les relations de Dresde me convenaient
davantage sous d'autres rapports.

C'est par l'envoi de la partition que j'ai re-
mercié du diplôme. La cantate du jubilé a été de
nouveau donnée ici il y a quelques jours, et
accueillie avec enthousiasme.

Le superbe *Notre Père* [1] de Naumann n'a malheureusement pas encore paru; il s'est trouvé
toutes sortes d'empêchements à sa publication.
Mais j'en aurai soin moi-même; j'ai déjà eu avec
sa veuve des pourparlers à ce sujet.

[1] Naumann, compositeur célèbre, né en Saxe en 1741 d'une
famille de paysans. Il fut élève de Tartini à Padoue et maître
de chapelle à Dresde.

J'espère que ton séjour à Vienne et les impressions nouvelles que tu y as recueillies auront heureusement influencé ton moral, et que tu nous donneras quelque chose de nouveau. Où en est la *Messe* que tu voulais écrire pour mon roi?

Je sais peu de chose de Meyerbeer. Il s'est donné à l'Italie. Gottfried est tout à fait muet. Où sont donc les beaux temps? Je clos ma lettre. Ma femme te dit mille choses affectueuses. Mon frère bien-aimé, je te presse sur mon cœur. Puisse Dieu nous réunir un jour! Fais que bientôt j'entende parler de toi, et crois-moi ton éternellement fidèle

. WEBER.

Dresde, le 25 décembre 1821.

XLVIII

FRÈRE DE MON COEUR,

Tu dois presque croire que je suis devenu, dans le tourbillon et le bruit, une espèce de malappris, oubliant mes plus chers fidèles. Oh non, je reste le vieux que tu sais; mais impossible de nier que plus j'appartiens au monde, moins je puis vivre pour moi-même et pour ce qui m'est le plus cher. Avant tout, tu dois partager ma joie, achetée par de longues souffrances et des espérances souvent déçues. Le 25 mars, à onze heures du matin, ma Lina a mis au monde un garçon bien portant[1]. Elle le nourrit elle-même, et tous deux sont aussi bien que possible. Je vais mieux aussi et j'espère beaucoup de notre séjour à la campagne, où nous allons nous rendre prochainement. Maintenant parlons de tes lettres.

Oui, la joie de te voir à Vienne eût été trop grande, et le ciel me l'a enlevée. Ce que tu me

---

[1] Le baron Max Marie de Weber, l'excellent biographe de son père.

14.

dis de *Silvana* est tout à fait conforme à ma pensée,
et j'avais déjà refusé de la faire jouer. N'oublie
pas la messe pour notre roi. Si cela ne t'aide pas,
cela ne te ruine pas non plus, et j'ai encore plus
d'un petit projet en tête. Mais, cher frère, tant que
tu n'auras pas de position plus solide, reste dans
ta carrière actuelle.

La cantate de la fête t'a été adressée, m'écrit
Lannoy. C'est un homme charmant que j'aime de
cœur.

Bataille et Victoire t'arriveront maintenant,
ainsi que mon remercîment pour le diplôme d'honneur.

J'ai reçu ta dernière lettre deux jours avant mon
départ pour Vienne. Je n'ai pu parvenir à voir
cette pauvre Firmian; à mon arrivée elle était
déjà malade, et après sa mort je n'en eus pas
le cœur. Ma propre maladie arriva aussi sur ces
entrefaites.

Ce serait assurément une de mes plus grandes
joies de pouvoir contribuer pour quelque chose à
ton existence, mais je ne puis rien pour toi près
de l'archiduc Charles. Je ne lui ai parlé qu'une
fois, chez le prince Frédéric de Saxe. Il m'a paru
très-bien disposé en ma faveur; mais pour pouvoir
parler sérieusement affaires, il faudrait que je
fusse souvent près de lui. L'espoir de t'être utile

me décidera à me rapprocher de lui, à mon prochain voyage à Vienne. D'ailleurs la haute estime et l'amour que tout bon Allemand lui porte au fond du cœur m'y engagent déjà suffisamment.

Mon bon frère, combien tu me fais honte par la modestie, vraiment touchante, avec laquelle tu t'exprimes dans cette circonstance! Ta tête et ton cœur sont dignes l'un de l'autre et te conservent la première place dans mon affection.

Je n'ai plus revu les Wolkenstein; il est probable qu'ils m'auront cherché après mon départ.

J'ai trouvé les Yung bien portants et satisfaits à Prague; j'y ai passé deux jours en allant et un jour en revenant; on y a beaucoup parlé de toi.

Après de longues années, j'ai enfin reçu une lettre de Gottfried, toute pleine de l'ancienne chaleur de cœur et de l'affection qu'il me portait à Manheim. Cela m'a immensément réjoui, car je le croyais perdu pour moi. Bœrmann s'est remarié.

Le dernier opéra de Meyerbeer, l'*Esule di Granada*, a beaucoup plu à Milan.

Je suis revenu le 26 mai, et depuis j'ai gardé la chambre près de trois semaines. Après toutes mes angoisses, j'ai besoin de la campagne pour travailler à mon grand opéra *Euryanthe*. Il sera terminé à l'automne. Que Dieu me vienne en aide!

Puisse aussi le Ciel exaucer bientôt tes vœux !
Comme cela me rendrait heureux ! Écris-moi
bientôt, et aime toujours ton vieux et inébranlable
ami.

WEBER.

Dresde, le 28 avril 1822.

XLIX

A GÆNSBACHER.

FRÈRE DE MON COEUR,

Mon été a été tout à la fois bon et mauvais. Il a
été bon, car Dieu a béni ma maison en donnant la
santé à la mère et au petit sauvage Max, dont la
première dent vient de paraître. L'été a été mauvais, parce que c'est à peine si j'ai pu travailler.
Tout le service est retombé sur moi par le fait de
la maladie du compositeur d'église Schubert. Et
comme je demeurais à la campagne à Pillnitz, dis-
tant d'ici de deux lieues, j'étais toujours sur la
grande route, dépensant mon argent et mon temps.
Morlachi est également tombé malade, et il m'a
fallu m'occuper des Italiens; puis les fêtes du
mariage du prince .Jean sont venues fondre sur
moi, et j'ai dû diriger une cantate, composée par
Morlachi. Il ne fallait donc pas songer à tenir ma
promesse de donner cet automne mon *Euryanthe*
à Vienne. Voilà donc une année perdue pour le
théâtre! Ici mes affaires s'améliorent journellement, et je m'habitue à l'idée de vivre et de
mourir ici.

Ce dernier mot fatal — mourir — est en réalité la raison qui me fait t'écrire aujourd'hui. L'état constamment maladif de Schubert me fait craindre qu'il ne reste pas longtemps sur la terre, et je ne puis abandonner le projet, si réjouissant pour moi, de te voir vivre près de nous. Je serais au comble du bonheur si Dieu voulait m'accorder cette grâce.

J'en ai causé, de nouveau, explicitement hier avec mon chef, et j'ose espérer que l'on aura quelque considération pour tout ce que j'ai dit. On a ici l'idée d'établir deux directeurs de la musique dont chacun aurait de six à sept cents thalers saxons d'appointements ; ils aideraient le maître de chapelle, se partageraient tout son service et prépareraient les travaux en son absence. Je te prie donc instamment, si ta *Messe*, destinée à mon roi, n'est pas encore finie, d'envoyer les partitions de quelques-unes de tes compositions d'église, de tes ouvertures, etc., etc., et enfin de m'écrire au plus tôt si tu accepterais ou non une place semblable. Tu pourrais certainement en vivre très-convenablement ; tes œuvres aussi se répandraient mieux d'ici. Ma maison serait la tienne, et ta position s'élèverait sûrement avec le temps.

Je suppose que de ton côté il ne s'est encore rien décidé de définitif, car tu n'auras certainement pas voulu me cacher ce changement dans ton sort ;

je continue donc tranquillement mes travaux pré-
paratoires en vue de la réalisation de mon plan
favori.

Je déplore vivement tes malheureuses affaires
de famille ! Que Dieu, cher frère, te donne force
et courage ! Je n'ai rien entendu non plus de
Ré mineur. On dit qu'elle veut faire épouser Fanny
à son conseiller-administrateur, et l'on va se le
répétant partout à l'oreille. Je crains que cela
n'aille pas très-bien.

Ma Lina te salue du fond du cœur, et partage
le désir de te savoir près de nous. Puisse le Ciel
écouter cette innocente prière !

Je devrais avoir honte de vouloir encore prendre
à la société des droits de copie.

Réponds-moi de suite, à moi qui te reste avec
la plus profonde amitié, ton éternellement fidèle

M. de WEBER.

Dresde, le 12 décembre 1822.

L

A MADAME BÆRMANN, A MUNICH.

Je vous remercie bien sincèrement des marques de bienveillance que vous m'exprimez dans votre lettre comme au fidèle ami de votre cher Henri (Bærmann). Comme tel, j'ai, il est vrai, droit à votre sympathie, et personne ne m'eût empêché d'y faire appel, si votre bonne lettre ne m'avait si agréablement prévenu. Par là vous m'avez tout de suite fourni matière à vous chercher querelle. Est-ce, en effet, bien agir que de combler à ce point de choses flatteuses l'ami intime de votre mari, qu'il en reste muet? Ne vous laissez pas éblouir, ne regardez pas avec les lunettes de mon ami Bærmann, qui n'aura pas manqué de me représenter à vos yeux tel que son amitié pour moi sait le lui inspirer. Je finirai ainsi par craindre de faire votre connaissance, ce que, cependant, je désire bien vivement. Alors vous ne verrez qu'un fils de la terre, bien ordinaire, juste assez bon pour ne pas passer pour mauvais, un peu plus maussade que nécessaire, mais plein de bons sentiments pour ses amis et de reconnaissance impérissable pour votre affection.

Je vis dans la ferme conviction de devenir un jour le débiteur de celle qui fait le bonheur de mon bon Henri. C'est une dette que je vous prie d'accumuler sans mesure sur mes épaules, car vous me rendrez ainsi pour toujours

Votre tout dévoué

C. M. DE WEBER.

Dresde, le 26 décembre 1822.

LI

A GÆNSBACHER.

Nos lettres se sont croisées, frère de cœur. Aussitôt après le départ de la tienne du 19, tu as dû recevoir la mienne du 12. Je n'attends pas de réponse à celle-ci ; mais presse-toi de me donner des nouvelles de la *Messe*. Comme je ne peux aller à Vienne avant l'automne prochain, tu me trouveras toujours à Dresde. L'hiver et l'été sont également favorables pour l'exécution de ta *Messe*. Mais je désire que tu l'envoies avant que tu viennes toi-même, afin que le roi sache un peu que tu es au monde. J'ai encore parlé de toi hier soir avec mon chef. Tu ne peux pas conduire toi-même l'orchestre, c'est contre l'étiquette. Aussi ne puis-je pas t'envoyer cette permission tant désirée. A la fin d'avril je vais avec la cour à Pillnitz, mais tous les dimanches elle vient à la messe en ville. Pour ce qui concerne ton travail, n'oublie pas que notre église est très-grande et sonore à l'excès. Les petits dessins y sont perdus. La musique de Cherubini, et celle de Beethoven, par exemple, où se trouvent des modulations, des complications dans l'entrecroisement des parties et beaucoup de détails harmoniques, ressembleraient chez nous à des miaulements de chat. Des dessins larges, de grandes masses, des unissons d'instruments à vent y font beaucoup d'effet. Les chanteurs sont italiens, et par conséquent pas très-solides; il faut donc que la musique soit aussi chantante que possible. L'alto est un chien, le soprano excellent dans le chant grandiose; il a la respiration d'un cheval. N'oublie pas de lui laisser soutenir *ad libitum* un *la* ou un *si* aigu. Nous sommes habitués ici à des fugues vigoureuses, ne te gêne donc pas. Il faut que la chapelle apprenne à t'estimer. Envoie aussi un *Offertoire;* mais comme les textes changent suivant les dimanches, je ne réponds pas que cela sera fait. Après le *Gloria,* nous jouons une courte composition symphonique et pas de motet.

Mes compliments pour la bague. Lannoy m'avait déjà parlé de ce présent. Envoie ta *Messe* le plus tôt possible, et viens ensuite à ta convenance. Que je me réjouis, frère de mon cœur, de te posséder quelque temps auprès de moi! Je ne puis t'exprimer combien ma Lina et moi nous en sommes heureux.

Dieu bénisse tes travaux et ma constante bonne volonté.

Je suis avec la plus sincère amitié fraternelle, et éternellement,

Ton WEBER.

Dresde, le 26 décembre 1822.

LII

MON CHER FRÈRE,

Ta lettre du 29 décembre 1822 et tes compositions sont arrivées. Je m'en suis fort réjoui, et
les utiliserai à l'occasion. Je me hâte de répondre
à tes questions. Tous les emplois dans la chapelle
royale sont pour la vie durant, avec appointements
entiers..... Les pensions des femmes sont petites.
et dépendent de la faveur du roi, qui ne laisse sans
secours les parents d'aucun fidèle serviteur. Les
renvois ne sont à craindre que dans le cas d'un
désordre incurable; et encore il y a des exemples
que, par une extrême bonté, on ferme les yeux.
On est, bien entendu, libre de donner sa démission. Il y a aussi des congés de temps en temps,
surtout si le directeur de la musique est en bons
termes avec le maître de chapelle.

Maintenant il est de mon devoir de te faire de
nouveau remarquer que mon projet n'a rien de
certain, malgré mon désir et tous mes efforts. J'y
travaille et mettrai en jeu tout ce qui est permis à
un honnête homme pour le réaliser. Mais dans une
cour comme la nôtre, il y a une infinité de gens

qui guettent les places et ne reculent devant aucun
moyen. Aussi, laisse tes affaires d'Insbruck aller
tranquillement leur train, et ne néglige aucune
bonne occasion. Si même tous tes vœux s'accom-
plissaient, tu serais toujours le maître d'accepter
ou de refuser la proposition qu'on te ferait ici. Tu
dois aussi te préparer à bien des soucis et te fortifier contre bien des choses qui pourraient bien ne
pas plaire à ton esprit droit de Tyrolien, ignorant
la vie des cours. Mais celui qui poursuit sa route
avec calme et zèle désintéressé est honoré, ici
comme partout, et peut y vivre heureux. D'ailleurs
tu as en moi un ami, connaissant les écueils, et
qui te servira de pilote.

Tes compositions d'église, mon cher frère, sont
si claires et écrites en si beau style, qu'elles feront,
sans aucun doute, de l'effet chez nous. Notre intendant voulait les soumettre au roi, mais je l'ai
prié d'attendre la messe que tu écris exclusivement
pour Sa Majesté. Si le monarque veut alors en
connaître plus long, il sera toujours temps. Si tu
as écrit quelques galanteries italiennes, n'oublie
pas de me les envoyer. Assez pour aujourd'hui.
Tout ce que tu peux souhaiter de ma Lina et de ton

WEBER.

Dresde, le 14 janvier 1823.

LIII

Si j'ai retardé jusqu'ici ma réponse à ta bonne lettre du 8 janvier, que je n'ai reçue que le 27 février, cher frère, c'est que j'espérais te faire part de quelque bon résultat. Mais la chose traîne en longueur et l'intervention de la cour de Bavière n'y contribue pas peu. J'ai fait relier la *Messe;* mais notre chef ne l'a pas encore soumise à Sa Majesté. Comme cette affaire me paraît marcher avec lenteur! J'en attends la solution le cœur brûlant d'affection. Toutefois ne te laisse pas effrayer, ne néglige rien, et prends patience. C'est ici surtout qu'elle est nécessaire. Hier encore j'ai eu l'occasion, en parlant au ministre, comte d'Einsiedel, de lui mettre cette affaire à cœur.

J'ai lu ton bel ouvrage avec grand intérêt et pleine satisfaction. Il fait honneur à son créateur et maître. Il est solide, mélodieux, clair, avec beaucoup de tournures nouvelles et une harmonie riche et profonde. Je t'en déconseille l'exécution à Insbruck; il vaudrait mieux l'essayer ici.

A l'égard de ta *Marche*, j'ai l'idée suivante : envoie-la au roi de Prusse par Spontini. Ce dernier

se sent flatté quand on recherche son influence
et sa protection. Demande avec cela qu'on veuille
bien l'exécuter, après quoi Schlesinger te payera
certainement l'arrangement pour piano. Recom-
mande-toi de mon nom auprès de Spontini; dis-lui
que je t'ai vanté son impartialité et sa bienveillance
pour les talents étrangers. Son adresse est : Gas-
paro Spontini, premier maître de chapelle, directeur général de la musique de Sa Majesté le roi de
Prusse, commandeur et chevalier de plusieurs
ordres, etc. Mais tu dois aussi écrire au roi de
Prusse.

A ce sujet, il serait fort convenable, comme tu
l'observes toi-même, d'écrire à mon chef, à l'occasion de ta *Messe* et de la place en question. Voici
son adresse : A M. le conseiller intime de Kœnneritz, directeur général de la chapelle royale et du
théâtre, commandeur de l'ordre du Faucon, etc.

J'ai donné, en tout cas, une copie de ta *Marche*
au docteur Ek, mais je ne crois pas qu'il en sorte
rien.

J'avais oublié de t'écrire que nous n'avions pas
de trombones dans l'église. Il te faudra peut-être
employer en place un contre-basson.

Pardonne si je te mande tout cela pêle-mêle,
mais je suis si souvent dérangé que je ne puis
t'écrire qu'à la dérobée.

Dieu merci, tout va bien dans ma maison. Ma Lina te salue le plus cordialement possible.

Et pour aujourd'hui, adieu. Donne-moi bientôt de tes nouvelles. Je t'embrasse avec la plus fidèle amitié fraternelle, et suis toujours et toujours

Ton WEBER.

Dresde, le 21 avril 1823.

LIV

Mon frère bien-aimé,

Tu dois être fâché contre moi, qui suis si longtemps resté muet, au sujet de tes lettres, reçues dans un moment d'allées et venues extraordinaires. Mais quand je te dirai que j'espérais
chaque jour la solution de ton affaire, tu trouveras
tout simple que je ne t'aie pas écrit. Enfin, grâce
à Dieu et à mon excellent chef, j'ai l'extrême satisfaction d'avoir donné à mon roi un loyal serviteur et un excellent artiste, à notre Institut une
gloire, à toi une sphère nouvelle d'activité, et à
moi un compagnon fidèle dans la peine comme
dans la joie. Je te félicite ainsi que nous tous et
me réjouis du fond de mon cœur. Je passe ici tous
les autres points de ta lettre, me réservant d'y répondre verbalement. Ne te laisse pas rebuter par
les trois mois de service d'essai. C'est l'usage, et
on n'a pu t'y soustraire plus que les autres. Afin
de tout prévoir, prends un congé, si ce n'est de
trois mois, du moins de deux ou de six semaines.
Nous ferons le reste d'ici par l'entremise de notre
ambassadeur à Vienne. Arrange-toi de façon à res-

ter ici tout de suite, pour éviter un nouveau voyage qui prendrait du temps et de l'argent. Comme tu auras certainement des dépenses de toute sorte à faire, et que tu devras aussi prendre des habits civils, le monde y tenant, je te prie d'accepter de moi, comme avances, deux cents florins que je t'adresse et que tu me rendras à ta convenance avec de gros intérêts. Je ne manquerai pas de te les rappeler, en véritable juif.

Je te préparerai un logement, car je ne puis t'en offrir aucun. Mais tu es prié de prendre fraternellement part chaque jour à notre repas de famille. Ainsi le veut fermement ma ménagère, et cela aussi longtemps que tu ne voudras pas t'arranger autrement.

La place de Preindl, à Vienne, comme maître de chapelle à Saint-Étienne, serait de toute façon plus souhaitable pour toi; mais, d'après tout ce que j'ai entendu dire là-dessus, à Vienne il n'y a rien à espérer. Ton ami Kittel m'a écrit de cette ville, mais en oubliant de joindre ta lettre à la sienne; aussi je ne savais réellement que faire. Enfin, maintenant, tout ce que je désirais depuis si longtemps est réalisé. Puisses-tu t'en réjouir autant que moi!

Réponds-moi au plus tôt, viens toi-même tout de suite. Nous avons le plus grand besoin de toi.

Je ne puis prendre sur moi de t'écrire sur d'autres choses aujourd'hui, et je te presse cordialement en pensée dans mes bras, mon bon Hansel, et suis toujours et toujours ton plus fidèle ami et frère.

M. DE WEBER.

Dresde, le 1ᵉʳ décembre 1823.

Descends ici à *l'Ange d'or*.

LV

(Fin février 1824.)

Je prends la part la plus vive à ta pénible position, mais je ne puis pas la trouver si épouvantable.
Ta place ici est toujours à ta disposition ; de toutes
façons elle ne peut se comparer avec celle de Vienne ;
là-bas, tu aurais de bons appointements et ici un
petit revenu, mais cependant toujours assez pour
vivre, surtout si tu pouvais prolonger au delà d'un
an ton engagement ; après quoi tu obtiendrais certainement de l'augmentation. Il y a ici des em-
ployés très-considérés qui n'ont pas plus de huit
cents à mille thalers d'appointements, et qui pourtant doivent faire face à tout. Tout cela dépend
des arrangements qu'on prend et de son économie.
Ainsi, cher frère, ne te plonge pas pour cela dans
des idées noires. Si tu n'eusses pas jeté les yeux
sur Vienne, la position qu'on t'offre ici t'eût paru
un sort digne d'envie. Ne te plains donc pas d'un
sort qui t'ouvre à la fois de si belles perspectives ;
et si la meilleure d'entre elles ne se réalise pas,
sache te contenter de la plus petite. D'ailleurs,
je crois fermement à ton installation à Vienne, si

Dieu veut la permettre. Il faut seulement que la
chose se décide promptement, car avec la meilleure volonté, on ne peut ici attendre plus longtemps. Je dois pourtant te donner quelque consolation [1].

[1] Le reste de la lettre est perdu.

LVI

FRÈRE DE MON COEUR,

En toute hâte, les lignes suivantes : le compositeur d'église Schubert est mort. Sa place, avec
douze cents thalers d'appointements, te serait échue,
selon toute probabilité, si tu avais été ici. Maintenant tous les protégés de haut lieu, que j'avais
écartés, s'agitent de nouveau et ferme. Notre position à tous est vraiment très-pénible. Si tu ne
viens pas, il est toujours important pour moi
d'avoir un homme de talent pour collègue.

Je te prie donc, par l'entremise de mon ami
Schwartz, auquel tu montreras cette lettre, d'engager Seyfried à se remuer et à agir près du conseiller
privé de Kœnneritz, afin d'obtenir la place de
Schubert. Je sais bien qu'à Vienne il a mieux que
dix-huit cents florins, mais en revanche la position
qu'on aurait ici est pour toute la vie. Faut-il au moins
nous préserver des hommes sans valeur! En ce qui
me concerne, je préférerais infiniment te voir venir
à Dresde; mais pour toi-même, je prie Dieu qu'il
te donne la place de Vienne. Je te demande seulement une décision définitive. Ne peux-tu pas

trouver un prétexte pour te hâter? Ma position est terrible. On me presse d'en finir, et plus je désire voir ta décision, plus je crains de t'entrainer vers celle qui te serait nuisible. Excuse-moi auprès de Schwartz; je suis plongé dans des travaux dont je ne vois pas la fin. Mes amis doivent y avoir égard.

Toujours et toujours avec une constante amitié,

Ton WEBER.

Dresde, le 12 mars 1824.

LVII

MON BIEN-AIMÉ FRÈRE ET COLLÈGUE,

Te voilà donc enfin arrivé au port! Qu'il soit loué le Dieu qui, à la fin, fait tout pour le mieux. Mes vœux les plus sincères pour ton bonheur t'accompagnent, toi et ta chère femme. Tu as tout ce qui constitue le bonheur de la vie : une existence libre de soucis, un milieu favorable à la production [1], une femme fidèle et soigneuse à tes côtés, et des amis sincères. Sache maintenant conserver tout ce bien, et en jouir heureux. C'est la meilleure bénédiction que je puisse appeler sur ta maison; car moi, que Dieu a si grandement comblé, je manque de ce caractère gai, promesse de bonheur pour la vie. Je sais que sans ce Dieu d'en haut, on peut posséder le bonheur sans en jouir cependant.

Je t'aurais volontiers envoyé ta musique par l'une ou l'autre occasion, car les frais de poste sont toujours très-élevés; si tu en as grand besoin,

---

[1] Gænsbacher avait effectivement obtenu la place de maître de chapelle à Saint-Étienne.

écris seulement deux mots, et je la fais partir aussitôt.

Je suis en pourparlers avec Londres, mais je ne puis dire encore d'une façon certaine quand j'irai. Le livret de l'opéra que je dois composer n'est pas encore prêt. Je suis d'ailleurs si occupé par mon service, que depuis *Euryanthe* je n'ai pas écrit une seule note.

La place que tu devrais occuper ici a été divisée en deux, et donnée à Marschner et à Rastrelli. Morlachi est toujours malade.

La *Cecilia* est une publication vraiment remarquable, et tu feras bien de coopérer à son succès. Moi aussi, j'ai autant de bon vouloir que peu de temps.

Ma femme attend sa délivrance dans quelques semaines. Mon Max est, Dieu soit loué! gai et bien portant. Pour moi, je suis abattu et maladif.

Ta nouvelle position doit avoir la meilleure influence sur tes travaux et sur leur chemin dans le monde, d'autant plus que tu vis à Vienne, où l'on mène une vie très-active et vraiment merveilleuse. Quelques-unes de tes compositions instrumentales, par exemple ton divertissement pour piano-forte et violon, ont été gravées à Londres et accueillies avec grand honneur.

M. de Kœnneritz est déjà à Madrid depuis longtemps comme ministre. J'ai encore la lettre que tu lui as écrite. Tu avais déjà auparavant renvoyé la lettre de crédit. Ta lettre d'Insbruck, que la comtesse Walkenstein devait m'apporter, je ne l'ai reçue qu'à la fin de juillet à Marienbad, où pendant six semaines j'ai pris des bains et bu de l'eau sans résultat notable.

Porte-toi bien et sois heureux, cher ami; ma femme et moi saluons affectueusement ta chère moitié, et je reste avec l'ancienne affection et fidélité

Ton WEBER.

Dresde, le 9 décembre 1824.

———————

Ici se termine la correspondance de Weber avec Gænsbacher. Voici maintenant une lettre de l'abbé Vogler, leur maître à tous deux, adressée à une dame de Prague, la comtesse Firmian, et deux autres lettres de Weber.

LVIII

Noble dame,

Votre Excellence désire voir revenir notre Gænsbacher, et cependant je désirerais vivement qu'il restât encore toute une année près de moi. Je suis vraiment en droit de dire que ma maison est aujourd'hui une véritable académie de musique.

Le hasard a fait que dans le même temps arrivaient ici Charles de Weber, qui jadis étudiait auprès de moi à Vienne, qui a déjà donné des opéras avec succès, et qui doit faire exécuter cet automne une *Messe* à Francfort; puis mon élève Bernard-Anselme Weber, maître de chapelle à Berlin et musicien plein d'avenir; Meyerbeer, qui, dans l'Académie de chant à Berlin, a exécuté des psaumes grandioses, et au Théâtre royal, un ballet à la satisfaction générale. C'est assurément un trio harmonieux, car ils s'aiment tous de cœur.

Chacun d'eux livre journellement l'une de ses compositions. Souvent aussi je leur donne à tous, et quelquefois séparément, un travail difficile. Le matin et les après-midi nous écoutons et discutons, soit l'une de mes œuvres, soit celles d'un autre, mais toujours d'un compositeur classique. Je partage fraternellement avec eux le fruit de cinquante-six années d'études. Ils apprennent souvent du vieillard de soixante-deux ans ce que le vieillard de soixante et un ans ne savait pas lui-même. Ils ont souvent l'occasion de le reconnaître. En outre, Gænsbacher a ses entrées à toutes les répétitions pour les concerts de la cour. Aussi combien je regrette qu'il doive quitter si vite cet aréopage musical !

Néanmoins, comme le désir de Votre Excellence passe avant toute chose, Gænsbacher, sur votre gracieux ordre, partira lundi prochain pour la Bohême.

J'envoie, en attendant, mes humbles respects à Son Excellence votre illustre époux, et je signe, plein de considération pour vous, haute et gracieuse dame, votre très-obéissant serviteur,

Abbé VOGLER,

Aumônier du grand-duc de Hesse, conseiller privé
et commandeur de l'ordre du Mérite.

Hesse-Darmstadt, le 10 juillet 1810.

LIX

A HANS GEORGES NÆGELI, A ZURICH.

Je suis très-sensible à votre gracieuse proposition et vous remercie des paroles flatteuses que vous voulez bien m'adresser. Mais il me paraît toutefois impossible que je vous promette une sonate pour piano dans le courant de cette année. Mes travaux dramatiques m'absorbent, à la lettre, complétement, et me tiennent éloigné de tout le reste. Un autre obstacle encore, c'est ma santé, très-éprouvée par le travail. Je ne puis donc absolument vous promettre que ma bonne volonté de collaborer à votre nouvelle entreprise, dès que mon temps, mes forces et des loisirs me le permettront.

Croyez que je me suis bien réjoui d'apprendre directement des nouvelles d'un ami si distingué.

CH. M. DE WEBER.

Dresde, le 6 juin 1825.

LX

A L'ÉMINENT M. HENRI BÆRMANN,

PREMIÈRE CLARINETTE DE S. M. LE ROI DE BAVIÈRE, A MUNICH.

MON CHER FRÈRE,

J'ai reçu ta bonne lettre du 14 juin à Dresde, au moment même où les médecins prenaient le parti très-imprévu de m'envoyer à Ems. Les préparatifs d'un voyage de ce genre et d'une longue séparation d'avec les miens ne me laissèrent pas le temps de te répondre. J'espérais le faire dans les premiers moments de mon séjour ici. Mais on est tellement occupé aux eaux, bien qu'on n'y fasse rien, que l'on ne peut absolument trouver un instant de repos. Aussi est-ce avec honte que je m'aperçois que ta seconde lettre du 10 juillet est encore sans réponse.

Depuis le 15 juillet, je suis donc ici. Je bois et je me baigne régulièrement, sans ressentir d'amélioration bien sensible à mon mal de gorge, bien qu'en somme je me sente mieux et plus fort. Mais la guérison ne vient jamais qu'après « la cure », et c'est le Ciel qui la donne !

Afin d'avoir quelque occasion de me disputer avec toi, je vais te faire le reproche que tu ne réponds pas soigneusement à mes lettres. Il m'eût été agréable, tout au moins, de savoir si on avait reconnu que j'avais fait à Dresde tout le possible pour remplir le désir de Poiszls. Si cela n'a pas réussi tout à fait dans l'ordre, cela s'est fait autrement et convenablement. Je suis fermement convaincu que si Poiszls agit à Munich, comme j'ai fait à Dresde, il arrivera plus tôt à son but; car, chez vous, on ne craint pas de donner de semblables distinctions.

J'apprends que j'aurai le bonheur d'envoyer l'opéra à la direction, mais à un prix modéré, naturellement. Mon Dieu! qu'un compositeur allemand est donc un homme fortuné! On copie *Euryanthe*. Il me semble que je pourrai mettre cet ouvrage aux pieds de S. M. votre bienveillant monarque. Cependant j'y veux encore réfléchir et attendre ton avis à ce sujet. Remercie de ton mieux, en mon nom, le baron de Poiszls pour la nouvelle représentation du *Freyschütz*. J'espère que la *Princesse de Provence* [1] apparaîtra cet hiver sur la scène, si les décors n'y mettent pas obstacle.

Comme je ne reste plus ici que dix ou douze jours, je te prie de me répondre à Dresde, d'où

---

[1] La *Princesse de Provence*, opéra du baron de Poiszls.

j'enverrai tout de suite et dans tous les cas la partition d'*Euryanthe* Je pourrais aussi vous laisser les parties d'orchestre, mais je me souviens qu'elles sont, chez vous, écrites d'une autre façon. Si tu me conseillais la dédicace au roi, il serait peut-être plus agréable au baron de Poiszls de laisser notre ambassadeur offrir lui-même l'opéra. Je ne sais quels sont vos usages là-dessus, mais je me suis arrangé selon notre coutume à nous. Mais c'est assez, et j'en ai jusqu'au cou de mes propres affaires.

Dieu veuille que tout aille bien pour toi et les tiens. Je remercie du fond du cœur ton aimable femme pour ses belles louanges, je la tiens pour un excellent juge. Veuille le Ciel que je puisse un jour épancher mon cœur de vive voix dans le vôtre. Mais je suis habitué à ne pouvoir vivre pour moi-même. Adieu, que j'aie bientôt de tes nouvelles. Salue toutes nos connaissances, et crois-moi toujours ton vieux et fidèle ami et frère.

C. M. DE WEBER.

Ems, le 9 août 1825.

———

C'est un an après cette lettre, le 5 juillet 1826, que Weber mourut à Londres, pendant que l'on y exécutait son dernier opéra, *Oberon*.

Ses funérailles furent célébrées avec une grande pompe. L'orchestre, les chœurs, enfin tous les artistes du théâtre et de la Société philharmonique de Londres prêtèrent leur concours à cette grande et pieuse manifestation. « L'enterrement, nous dit M. Neukomm dans sa belle Étude sur Weber, avait, suivant l'usage anglais, un aspect moyen âge, qui ajoutait encore à l'effet produit par les lugubres processions. Des hérauts en deuil et des pages ouvraient la marche ; puis venait, traîné par six chevaux, le char funèbre, aux armes de la famille de Weber, avec ce simple mot inscrit en lettres d'or : *Resurgam ;* suivaient seize carrosses de deuil et un nombre infini d'équipages renfermant toutes les illustrations résidant alors à Londres. Le clergé, ayant à sa tête l'évêque catholique de Westminster, vint recevoir le corps à son entrée dans la chapelle, et au même moment les accents grandioses du *Requiem* de Mozart :

Requiem œternam dona eis, Domine !

retentirent sous les voûtes pour saluer le grand maître au nom de l'art qu'il avait illustré. »

Au mois d'octobre 1844, je fus témoin de la translation des cendres de Weber à Dresde, où, d'après son vœu suprême, il avait désiré dormir son dernier sommeil. « La cérémonie eut lieu de

16

nuit. Sur le quai étaient rangés tous les corps
de musique, toutes les sociétés, les académies et
les députations. La barque funèbre, portant un
catafalque éclatant de lumières, s'avança lentement
sur le fleuve, et lorsqu'elle fut arrivée au quai, le
cercueil, mû par un mécanisme ingénieux, s'éleva
de lui-même du milieu des torches, aux hourras
mille fois répétés et aux applaudissements de l'immense foule qui encombrait les quais. Le cortége
se forma aussitôt, constellé de milliers de flam-
beaux, et il se mit en marche aux accents d'une
marche composée par M. Wagner[1] sur des motifs
d'*Euryanthe*. A l'entrée du cimetière se tenait le personnel du théâtre, ayant à sa tête mesdames Schrœ-
der-Devrient-Spatzer et Gentiluomo. Une courte
cérémonie eut lieu dans la chapelle mortuaire,
puis les torches s'éteignirent, la foule se dispersa,
et seule une pauvre femme, bien vieillie par les
chagrins, demeura en prière; son fils la soutenait,
n'osant troubler cette grande douleur, qui se ré-
veillait plus poignante encore auprès des restes
chéris que renfermait le cercueil.

« Le lendemain, de bonne heure, la foule revint
au cimetière, et la cérémonie de l'inhumation commença. Après un chœur majestueux de Wagner et

---

[1] M. Richard Wagner était alors maître de chapelle à
Dresde.

la bénédiction dernière, le maître fut descendu dans la tombe qui renfermait déjà le corps de son plus jeune fils, Alexandre, mort à Londres peu de temps auparavant; Max de Weber jeta la première pelletée de terre; les plus proches assistants l'imitèrent; puis la tombe se remplit de lauriers et de couronnes. »

Weber, « le barde allemand », reposait dans la terre allemande.

FIN

PLACEMENT

DES PORTRAITS ET AUTOGRAPHES.

www.ingramcontent.com/pod-product-compliance
Lightning Source LLC
Chambersburg PA
CBHW071805020726
47502CB00004B/1006